치매도
시가 되는
여자

치매도
시가 되는
여자

초판 1쇄 발행 2015년 7월 1일

지은이 류자 · **발행인** 권선복 · **편집** 김정웅 · **디자인** 김소영 · **전자책** 신미경 ·
마케팅 정희철 · **발행처** 도서출판 행복한에너지 · **출판등록** 제315-2013-000001호
주소 (157-010) 서울특별시 강서구 화곡로 232 · **전화** 0505-613-6133 · **팩스** 0303-0799-1560 ·
홈페이지 www.happybook.or.kr · **이메일** ksbdata@daum.net

값 13,500원

ISBN 979-11-86673-01-0   (03810)
Copyright ⓒ 류자, 2015

도서출판 행복한에너지는 독자 여러분의 아이디어와 원고 투고를 기다립니다. 책으로 만
들기를 원하는 콘텐츠가 있으신 분은 이메일이나 홈페이지를 통해 간단한 기획서와 기획
의도, 연락처 등을 보내주십시오. 행복한에너지의 문은 언제나 활짝 열려 있습니다.

치매도
시가 되는
여자

류자 지음

행복한에너지

치매에 얽힌 글을 묶어
책을 내며…

　감추고 싶은 이야기였습니다. 우리 가족의 아픔과 고통을 꺼내어 만천하에 공개하고 세상에 보인다는 것은 무척 망설여지는 일이었고 부끄럽다 생각되었습니다. 그러나 인류 기대 수명이 백 세가 넘어가는 시대에 현실적으로 보편화되어 가고 있는 치매라는 질병을 보게 되었습니다. 혹 비슷한 상황이라면, 도저히 피해 갈 수 없다면, 잘 견뎌내시라 힘을 드리고 싶습니다. 스스로 위로 받기 위해 가끔 써왔던 일기 같은 이야기에 공감해 주시고 감동을 느꼈다며 격려해 주셨던 모든 분들 감사합니다.

　이사를 하였습니다. 팔 년 전 어머님의 치매를 발견하고 떠났던 10층 아파트로 다시 돌아왔습니다. 변한 듯 변한 것 없는 아파트에 짐을 부리고, 정리하고, 꾸미다가 문득 어머님의 빈자리가 크게 느껴져 한없이 슬퍼졌습니다. '띠띠디딕' 늘 누르던 번호를 못 누르시고 현관문을 '쾅쾅쾅' 두드리시며 문 안 열어준다고 역정을 내시던 모습이 생각납니다. 어둔 밤 우두커니 서계시던 뒷베란다에서 눈 마주치며 소스라치게 놀랐던 그날이 떠오릅니다.

지금 어머님은 큰 형님 댁에 계십니다. 다음 달엔 둘째 형님 댁에서 지내실 예정이지요. 사녀일남 형제들이 돌아가며 한 달씩 어머님을 돌봐드리기로 하였습니다. 처음엔 정서적 안정을 해칠까 봐 걱정을 하였는데, 소풍이라도 가는 듯 즐기시며 외출을 기다리시니 감사할 따름입니다. 자식도 인간인지라 힘들어 지칠 때쯤 헤어졌다가 반가운 얼굴로 다시 만납니다. 지금은 모두들 전심을 다해 어머님을 모실 수 있는 최선책이 되었습니다. 긴병에 효자 없다지만, 한 달 효자는 얼마든지 누구든지 할 수 있음을 체험합니다.

슬픈 병을 앓고 계시나 건강하신 어머니 양점석 권사님, 동생들이 항상 애잔하고 맘 쓰이는 큰 형님 전광숙, 시어머니와 친정어머니 사이에서 많이 힘드실텐데도 묵묵히 책임을 다하시는 둘째 형님 전광연, 멀리 미국에서 일 년에 한 번씩 들어와 오롯이 어머님과 시간을 보내시며 형제들의 짐을 덜어주시는 셋째 형님 전광성, 속초에 사시며 여름 겨울 특별휴가를 제공해 주시는 넷째 형님 전광보.
감사합니다. 너무너무 감사합니다. 외며느리로 시집와서 힘든 날 없지 않았지만 형님들 따뜻한 마음과 배려가 있었기에 오늘 부족한 올케가 치매로 시를 쓰고 책을 내게 되었습니다.

좋은 끝이 있을 거라며 늘 참아라 말씀하셨던 친정 아버지 유낙수, 어머니 조순례 존경합니다. 역으로 누나보다 매형이 더 힘들거라며 물심양면으로 신경 써주었던 유희자, 유득주, 유국주 사랑하는 동생들에게 걱정 말라 전하고 싶습니다.

똥오줌 흘리고 지나간 자리 말없이 닦아내며 엄마 모르게 할머니 편이 되어주는 딸 전솔, 엉뚱한 소리 하실 때마다 할머니로부터 엄마를 지켜주는 아들 전민재, 아침저녁으로 어머님 기저귀를 입혀드리며 가슴 타는 나날을 보내는 남편 전광출. 미안하고 고맙습니다. 한마음 한뜻이었기에 그간의 세월이 헛되지 않아 작은 결실을 보게 되었습니다.

위로와 힘이 되길 바라며 『치매도 시가 되는 여자』를 - 세상의 모든 치매 가족에게 바칩니다.

추천사

치매란 슬픈 병을 묵묵히 간호하며 슬기롭게 견뎌내는 며느리의 따뜻한 마음이 느껴집니다. 가슴 시린 이야기이지만 웃음과 잔잔한 감동으로 전달되는 것은 시인의 진솔한 애환이 고스란히 담겨있기에 가능한 것이 아닐까 생각합니다. 오늘도 치매환자를 간호하느라 힘겨운 하루를 보내는 분들에게 본 시집이 공감과 위로의 메시지가 되었으면 합니다.

– 노현송 (서울시 강서구 구청장)

치매를 두고 미래에 대해 낙관할 수 있는 사람은 없으리라 보며 그만큼 두렵고 무서운 질병이라 차라리 외면하고 싶은 단어입니다. 그 치매를 생활 속에서 녹여내 그것도 아름다운 시로 담아내니 그 마음속에는 아픔도 시로 정제하는 아름다운 용광로가 있나봅니다. 본 시집이 치매를 앓고 있는 가족에게 위안이 되고 좀 더 많은 개인과 사회가 관심을 갖는 계기가 되기를 바랍니다.

– 김병희 (강서문화원 원장)

인간으로 태어난 이상 누구든 노년을 맞이하게 됩니다. 거부할 수 없는 이 운명이 때로는 자기 자신은 물론이요, 사랑하는 가족들을 도탄에 빠뜨리는 병을 불러옵니다. 하지만 그 어떤 고난도 결국 극복해 내기에 인간은 위대합니다. 그래서 이 책에 담긴 시와 에세이는 소박하지만 감동이 느껴집니다. 절망조차 일상의 일부분으로 만드는 저자의 따스한 마음씨가 더없이 아름답습니다. 한 명의 위대한 며느리이자, 부인이자, 어머니인 저자에게 큰 박수를 보냅니다.

– 이운희 (호서전문학교 학장)

치매는 더 이상 남의 이야기가 아닙니다. 내 이웃의, 내 가족의, 나 자신이 직면한 현실입니다. 아직 치매를 완치시킬 만한 약은 세상에 없지만 결국 가족들의 사랑과 희생이 최고의 치료제임을 이 책은 말하고 있습니다. 서로 맞잡은 손을 놓지만 않는다면 그 어떤 불치의 병도 이겨낼 수 있고 환한 미소 가득한 삶을 되찾을 수 있습니다. 이 책의 출간이 치매에 대한 사회의 부정적인 인식을 걷어 내고 올바른 대처 방식을 우리 사회에 자리 잡게 하는 계기가 되기를 기대해 봅니다.

– 백남선 (이대여성암병원 원장)

가끔씩 보내오는 그의 시는 상처 난 내 마음을 어루만져 준다. 그의 시를 읽으면 여행의 길을 잠시 멈추고 그 옛적 누군가를 생각해 본다. 때로는 눈물을 때로는 미소를 짓게 한다. 이 시는 그가 손이 아닌 마음으로 쓴 시이기 때문이다.

— **임택** (여행작가)

치매 어머니께서 걷고 있는 생활을 세 대목으로 나눠 실감나게 그려 주신 글, 27년이란 세월을 치매와 싸우는 어머니와 그만큼 세월 동안 누구보다 가까운 자리에서 함께하였습니다. 잘 주무시고도 시끄러워 못 잤다고 잘 드시고도 날 배곯게 한다고… 애먼 소리 참 많이도 하셨지요. 세상 걱정이 모두 당신 것인 양, 여기 오면 저기 걱정, 저기 가면 여기 걱정, 쉬지 않는 지청구에, 살짝살짝 짜증도 났었는데 그 오랜 세월 동안 동무하며 지내온 엄마 그리고 치매, 그 두 낱말이 이어진 시를 만납니다. 토시 하나도 허투루 넘길 수 없는 공감의 시이기에 시 속에 감정이 허물어지듯 녹아드는 듯합니다. 비 쏟아지는데 맨발로 달려 나가 잘 덮어 놓은 장독을 열어젖히던 엄마, 당신의 소낙비에 간장을 지키는 요량이 그러하였습니다. 이제는 이해를 다할 수 있는 엄마의 치매를 생활의 언어로 잘 그려낸 시에 다시 한 번 공감합니다. 차근차근 다시 읽어 보겠습니다.

— **이효정** (가수)

가족에게 사랑과 애정으로 헌신하시던 어버이가 치매에 걸린다는 것은 가족 모두에게 큰 아픔이다. 누구나 나이가 들면 찾아올 수 있는 아픈 병으로 이해를 하면서 슬기롭고 지혜롭게 간병을 해야 한다. 치매를 앓고 있는 시어머니 간병을 가족 간의 이해와 사랑으로 슬기롭게 헤쳐 나가는 이야기를 잔잔한 물결의 파동처럼 가슴 시린 감동의 시와 수필로 승화시키고 있다. 치매는 관심과 사랑으로 극복할 수 있어야 하며 가족들 간의 배려와 독려, 희생과 봉사를 통하여 가족애가 더욱 돈독해질 수 있다는 것을 배울 수 있다.

– 오승영 (시인, 강서문인협회장, 감정노동관리사)

우리 어머니들의 진솔한 이야기, 짧은 단상 가운데 새로운 나를 발견해 가는 살아있는 스토리, 평범해 보이지만 주옥같은 말 하나하나들이 가슴에 아로새겨집니다. 며느리로, 엄마로 반평생을 살아가면서 변해 버린 우리 어머니들의 애상을 느낄 수 있었습니다. 엄마가 변한 게 아니라 우리가 엄마를 변하게 만들었다는 생각에 항상 모든 것을 다 받아주시던 커다란 존재감에 엄숙함까지 밀려옵니다. 치매 시어머니의 오랜 봉양으로 잊혀가는 자신의 존재를 향해 웃음으로 극복하시는 우리 어머니. 당신의 삶은 우리가 꼭 기억해야 할 교과서요, 우리의 큰 스승입니다.

– 류큰샘 (광영고 윤리교사)

막연히 내게는 오지 않기를 바라는 소망이련만 가족의 아픔과 어려움을 받아들이려는 마음을 아름다운 글로 승화시키는, 그 또한 지혜롭게 견디는 모습을 우리는 시를 통해 배웁니다.

가족들에게 희망과 힘이 되리라 기대해 봅니다.

– 한정숙 (충청남도 여성단체협의회장)

치매를 앓는 시어머니와의 일상 속에서 분명 불평과 상처와 아픔이 있었을 텐데… 시인은 무심한 듯 객관적이고 긍정적인 시각으로 치매를 시로 승화시켰습니다. '치매도 시가 될 수 있다'는 깊은 울림이 질병과 악의 횡포로 고통받는 모든, 분들에게 위로와 소망이 될 것입니다.

– 이대열 (미국 알링턴열방침례교회 목사)

서문

— **이광연** (이광연한의원 원장, 서울시 강서구 새마을지회장)

　나는 한의학을 전공했지만 지금 내가 관심을 가지고 있는 것은 미래학이다. 우리 인류의 미래 문제에 대해서 관심을 가지는 것보다 내가 살고 있는 우리 대한민국이 10년, 20년, 50년 뒤에 어떤 나라가 될 것인가에 더 관심을 가지고 있다. 향후 우리나라에 사회적으로 가장 큰 문제는 인구가 줄어든다는 부분과 의학적인 부분에서는 치매환자가 늘어난다는 것이다.

　현재 우리나라의 치매환자는 내가 살고 있는 강서구와 비슷한 60만 정도이고 35년 뒤 2050년에는 250만 정도의 치매환자가 발생되고 무려 140조 원의 치매관리 비용이 들어간다. 이웃 일본과 미국도 치매환자가 약 500만 명 정도다. 이렇게 치매환자가 늘어가는 데는 노인들의 평균수명 증가에 있다. 조선왕 27분들의 평균수명은 47세에 불과하지만 83세까지 가장 오래사신 영조도 치매였고 미국의 레이건 대통령도, 철의 여인 대처 수상도 치매였다.

우리 집 가족사를 본다면 우리 할머니도 치매셨고 아버님은 지금 88세이신데 치매로 요양병원에 계신데 아들인 나도 몰라본다. 그래서 나는 박사학위 논문도 치매로 썼고 최근에 의사들도 무서워하는 치매란 책도 냈다.

얼마 전 한의원에 류자 선생님이 오셔서 이번에 치매에 걸린 어머니를 모시고 있으면서 시집을 내게 되었는데 서문을 부탁한다는 말을 듣고 의학적이 아닌 문학적으로 써야 될 서문이 여간 부담스런 것이 아니었다. 그러나 류 선생님의 시를 읽으면서 남의 이야기가 아니라 내 이야기를 하는 것 같아서 낯설지 않았고 오히려 고마움까지 느꼈다.

이제 치매는 남의 문제가 아니라 우리의 문제고 나의 문제다. 치매를 겪고 있는 환자도 힘들지만 더 힘든 것은 간호하는 가족들이라고 생각한다. 나도 류 선생님도 휘경동에서 그림을 그리는 화가 선생님도 모두 하나의 느낌을 공유하고 있는 同病相憐(동병상련) 치매 가족이다.

〈동병상련〉
그림: 임주옥(휘경동 사는 시인의 친구)
 – 홍익대학교 미술대학 졸업
 – 대한민국 기독교 미술대전 다수 수상

목차

치매에 얽힌 글을 묶어 책을 내며… _ 004

추천사 _ 007

서문 _ 012

치매도 시가 되는 여자 - 시

021_ 치매도 시가 되는 여자

024_ 치매란

027_ 새벽부터

028_ 同病相憐(동병상련)

031_ 계속되는 싸움

032_ 행운의 번호

034_ 낙상

037_ 어머니의 사과

038_ 화투와 친구하다

039_ 내가 애긴 줄 알어

040_ 창문 너머

041_ 가시는 길 (연작1)

042_ 머무는 동안 (연작2)

043_ 오시는 길 (연작3)

044_ 보고픈 조카

045_ 봄에 봄을 잃는다

047_ 똑 똑 똑

048_ 남편의 애인

050_ 스티로폼

052_ 동물원 원숭이

053_ 편식

055_ 짐

056_ 전권이 넘어오다

057_ 설탕물 끓기

058_ 병원에 다녀오신 후

059_ 배고픈 시어머니

060_ 테레비 너 때문에

061_ 시어머니 본성

062_ 밤점심

064_ 회식을 끝내고

066_ 미움보다 깊은 사랑

069_ 티셔츠 쪼가리

070_ 근육생성 프로틴

071_ 루즈

072_ 다이어트 약

074_ 하교시간

075_ 친구합시다

077_ 기도중임다

078_ 갈비 먹는 날

080_ 향수를 바르다

082_ 꺾어 신다

084_ 가져 가세요

087_ 새배

088_ 셋째 딸이 온다

090_ 완전범죄

092_ 커피나 한 잔 하려다가

095_ 생수 사랑

098_ 분리수거

100_ 센터야

102_ 눈물 같은 오줌

104_ 배신

107_ 토란국

108_ 기도

110_ 전화

112_ 배낭여행

114_ 숨바꼭질

117_ X-1(연작1)

118_ X-2(연작2)

120_ 때로는……

122_ 당산나무에 걸린 기원

125_ 싸운 뒤에

126_ 시작

128_ 청소

129_ 그리움

130_ 노출

133_ 적반하장

134_ 어머니의 쌈짓돈

136_ 스카프

138_ 장아찌

139_ 인연

140_ 내일

142_ 고맙습니다

144_ 아이 같은 어머니

146_ 다시 부르는 노래

148_ 사랑은 일사천리

150_ 무차를 마시다가

152_ 동지팥죽

155_ 치매시를 왜 쓰느냐 물으신다면…

치매도
시가 되는 여자 - 수필

160_ 건망증 며느리와 치매 시어머니

163_ 어머니와 꽃

166_ 치매에 대처하는 법

172_ 치매

177_ 어머니의 기도

182_ 그날

186_ 낡은 가방

189_ 알람은 멈춰도 시계는 간다

192_ 목련이 운다

196_ 할미꽃

200_ 치매는 현재 진행형

204_ 출간후기

치매도
시가 되는
여자

－시

치매도
시가 되는
여자

치매를 앓는 부모의

자식은

마치 형벌을 등에 지고

아슬아슬한 절벽을 오름과 같다

하고많은 사람 중에

왜 하필 내게로 와

살을 파고 뼈를 도리는지

원망과 한탄으로 보내기에

다른 것은 너무도 멀쩡하다

순식간에 엎어지면

혼자는 일어날 수 없는

이인삼각 경기

그 경기장에

이미 들어섰다면

전사가 되어 다투기보다는

반환점이 보일 때까지
노래를 하리라

치매도 시가 되는
여자로 살기로 하자
마음 하나 바꿨을 뿐인데
밀쳐뒀던 쓴 도라지
산삼뿌리 기운을 내니
살아갈 힘이 솟는다

쌩긋 날리는
천진한 미소 한 자락에
철망처럼 차갑던 가슴도 다 녹아
허공으로 흩어진다
절벽을 등에 진 시인은
눈물 젖은 기저귀
그 수만큼……

차곡차곡 시를 접는다

치매도
시가 되는 여자

치매란

지능이 떨어지는 게 아니라
고집이 늘어나는 병이다

어머니 잔머리를
당해낼 재간이 없다

건강이 악화되는 게 아니고
마음이 모질어 가는 병이다

어머님 기운은 세지고
평생 안 하던 욕을 하신다

인자한 노년과 맞바꾼
거친 세상이 낯설다

부끄럼과 염치도 없이
쓰레기를 줍는다

옛날 그 어느 날의

같은 얘기만 아흔아홉 번

현재는 떠돌기만 하고
과거가 드세게 활개를 친다

나쁜 30퍼센트가
나머지 70을 지배하는

때리지 않아도 아픈
온 가족이 함께 앓는 병이다

새벽부터

안 일어나냐!
발자국은 가벼워도
호통소리 아직 무겁다

새벽 밥 먹고 돌아선 지
한 시간도 안 돼 어머닌
말아 쥔 주먹에 힘이 들어가고

이른 잠 물리지 못해
눈꺼풀 무거운 며느린
이불 쥔 손에 힘이 들어간다

탕 탕 탕 방문 흔들리니
짜증난 얼굴 둘
빼꼼히 마주친다

同病相憐
(동병상련)

시아버지를 모시는 그녀와
시어머님을 모시고 사는 내가
한 시간도 넘게 걸리는
예술의 전당 로비에서 만났다

고혹적인 그림을 보며
요양원 종일반 이야기를 하고
스테이크와 파스타를 먹으며
하루에 나오는 기저귀 숫자를 세었다

알맞게 내린 커피가 쓰다며
그녀는 진한 향기에 맑은 물을 탔고
덩달아 숭늉같이 싱거워진 커피를
오래 앉아 천천히 마셨다

그녀와 나는 돌아가면 다시
전쟁을 시작할 것이고
벼르고 벼르다

일 년은 더 지나야 볼 것이다

휘경동에서 그림을 그리는 그녀와
발산동에서 글을 쓰는 나는
지치지 말자 약속을 하며 길을 늘려
사당역까지 동행을 하였다

제목 〈6월의 찬양〉
그림: 임주옥(휘경동 사는 시인의 친구)
– 홍익대학교 미술대학 졸업
– 대한민국 기독교 미술대전 다수 수상

계속되는
싸움

혼자만의 세계에
정신을 가두고
살다 살다가
깜빡 왔다 깜빡 가는 일
버겁기도 하리라

세상이 아무리 넓어도
한 평 반의 방 안에 갇혀
한 쪽도 안 되는
뇌로 산다는 건
처음부터 억지였으리

간신히 끼워 맞춘
나사가 풀릴 때마다
평화는 깨지고
삶은 울부짖는데 뭐
새삼스러울 것도 없다

229

행운의 번호

묵은 옷 주머니에서
빤딱한 종이가 잡힌다
229
행운의 번호

기다리지 못하고
자리를 뜬 번호는
설레는 예감으로 하늘을 날아도
행운을 지키지 못한다

지금 나의 행운은
잔잔한 일상을 지키는 일이다

치매도
시가 되는 여자

낙상

에이구머니나
슬리퍼를 발에 꿰다가
한 짝이 엇갈려
화장실 바닥에 주저앉았다

제풀에 미끄러진 샴푸통에
옆구리를 채이고 보니
부딪힌 엉치보다
놀란 맘이 더 아프다

맨소래담을 바르고
한방으로 만든 파스를 붙여도
콕 찍힌 살 속이
점점 크게 아파 오는데

왜 불을 안 키고 다니세요
그러니 그리 넘어졌지
클날 뻔했다고
입이 더 호들갑이다

살 만큼 살았는데도
아픔은 참을 수 없어
주섬주섬 병원엘 간다
갈비뼈의 반란이 시작되었다

남편을 따라
낯선 집에 처음 들어섰을 때
새파랗게 젊지는 않아도
서슬 퍼런 날로
사과 몇 알을 꺼내 놓으셨던 어머니

떨리는 손길로
가사 시간에 배워 두었던
솜씨를 살려
토끼 몇 마리를 깎아 내니
흐뭇하게 바라보셨던 어머니

어머니
어깨도 등도 다 꼬부라진 할미꽃
조각난 사과는 싫다고
통째로 드시겠다며
퍼런 칼 옆으로 자꾸만 손을 대신다

화투와
친구하다

젊은 것들은
하루 종일
핸드폰에 매달려
불빛과 씨름이다

벨도 울리지 않는
집 전화를 주머니에 넣고
계단을 올라오다
안테나만 부러뜨렸다

화투를 집어 들고
운수를 떼기 시작한다
3D 갤럭시보다
선명한 청홍단 똥 싸래기

손바닥에 풀 붙은 듯
핸드폰 저리가라
착착 감기는
화투와 친구하다

내가
애긴 줄 알어

꼭 애기 짓을 하고는
도발적으로 하는 말
"내가 애긴 줄 알어?"

밥을 국에 말아 남긴다거나
설탕물을 타 먹고 싶다거나
한 가지 반찬에 꽂힐 때

민망함을 스스로 안다는 건
좋은 징조일 것이다
제발 치매 코스프레였으면……

창문
너머

어머님 방 창 너머엔
아파트 놀이터가 있다
화장실 창문 너머에도
그 놀이터가 있다

창이 높아 하늘만 보이는
화장실에서
다 쓴 휴지가 사라진다는 걸
안 것은 한참 후이다

딸아이 방까지 연결된
그 놀이터에선
다행히
아이들이 놀지 않는다

가시는 길
(연작 1)

한 달을 머물다
누님 댁으로 가시는 어머님 보따리
부피는 커지고 개수가 는다

열흘쯤 전부터 그랬다
귤 담긴 봉지는 입을 틀어막고
일회용 커피도 여기저기 쑤셔 넣는다

베란다에 있던
생수도 박스가 털려
셋 넷 일곱…… 자리를 옮긴다

수건으로 덮고
기저귀를 펼쳐 엎어도
다 보이는 이삿짐

정수긴지 뭔지……쯧쯔
세련된 생수 맛을 모르는
딸들이 안타까우신 게다

머무는 동안
(연작 2)

누님 댁에 가시면
하루가 멀다고
전화벨이 울린다

물론 아들집에서는
딸들을 전화로 불러내시니
바쁜 자식들은 짐짓 못 듣기도 한다

가만히 기다리시면
뭐라도 전할 말이 생기면
먼저 전화를 하련만

반나절도 못 버티시다
"내가 우리 엄말 닮아 그래"
미국 사셨던 할머니 애길 하신다

태평양 건너에 두고
애타게 그리웠던 당신의 어머니
어머님 생각에 그러시는 걸 몰랐다

오시는 길
(연작 3)

누님 댁에 계시다
아들 집에 오시는 길
봉지 봉지에 검은 기억을 담아 오셨다

한 달 내내 썩지도 않는 약과
주둥이 풀어져 눅진한 강냉이
피멍 들고 물러진 사과

어머니랑 입맛이 다른 아들은
손때 묻고 금이 간 전리품을
꾸역꾸역 들어 올린다

말문이 막혀 울컥하는 건
부서진 주전부리가 왠지
어머니의 남은 기억만 같아서일 게다

보고픈
조카

어머닌 자꾸만 집으로 오라 했다

그는 지하철을 4번 갈아타야 한다

그는 집으로 가기로 하였다

그는 마지막일 것이라 생각했고

어머닌 이제 자주 오리라 생각했다

봄에 봄을
앓는다

쌀쌀한 바람이 분다
개나리, 진달래, 벚꽃
온 산에 봄꽃이 폈다 지는데

물러나지 못한
겨울의 끝자락과 붙은
한판 승부는 일단 패다

봄의 변덕에 죽어나는 건
아직도 추위 타는
마음만은 늙지 못한 팔순의 노모

날씨 앞에 장사 없다고
봄으로 가득찬 방 안이
온통 몸살을 앓는다

똑 똑 똑

똑 똑 똑
노련한 손짓으로
문을 두드리신다

유일하게 남아있는
품위 있는 행동
어머님의 노크 소리는

천둥보다 힘차고
번개보다 날렵하여
비수처럼 머리를 깨운다

깊은 밤
잠이 오지 않을 때마다
며느리 방문 앞을 서성이며

우아한 박자로
똑 똑 똑
"아이고 어머니 제발 좀 주무세요"

남편의
애인

그녀 미모는

긴장을 부르지 않지만

시선을 잡는 힘이 있습니다

애교랄 것도

별거 없어 나만 못하지만

미소 한 자락으로 마음을 녹입니다

그녀의 진가는

예고도 없이

아무 때나 발휘됩니다

지고지순한 남편의

일편단심을 사로잡은

그녀를 이길 힘은 내게 없습니다

세상을 콩만 하게 만들고

미약한 심신에 굳센 힘을 주는

자연치유 능력의 소유자

남편의 애인

그녀는 점점 쇠약해지는

나의 시어머니입니다

스티로폼

아파트 담벼락 밑에
하얀 스티로폼
한 조각

납작하게
몸을 누르고
자리를 잡았다

멀리서도
눈에 띄는 전용 방석
어머님의 흔적이다

쓰레기라고
지겹게도 치워내지만
결코 사라지지 않는다

내일이면
다시 피어나는
끈질긴 생명력 스티로폼

썩지도 않으니

오래오래 온기를 담고

거리를 지키리라

치매도
시가 되는 여자

동물원 원숭이

'사람이 많이 다녀야
구경할 맛이 나지'
아파트 정문 옆에
구겨진 종이를 펴고 자리를 깐다

어머님의 나들이는
시도 때도 염치도 없다
사람들을 구경하려 했지만
사람들이 어머니를 구경한다

동물원 원숭이 같은 현장을
마주칠 때마다 며느리는 고민을 한다
"아이구 어머니 들어갑시다."
할까 아니면 그냥 '못 본 척할까'

언제 끝날지 모르니
재빨리 몸을 돌려 못 본 척이다
"에미야~" 걸리면
함께 원숭이 신세가 돼야 한다

낯선 반찬을 늘어놓으면
식탁 변두리로 쓱 밀어 두고
금을 그어 두신다

나박김치 계란부침
소고기 미역국에
밥을 반 덜어 말아 놓고

김쌈을 야물게 싸서
꼭꼭 씹어 드시는 모습이
아기처럼 순박하다

즐기던 장아찌도 마다시고
김치도 싫다시며
찌개도 고기만 골라 드신다

편식 고치길 포기하고
좋아하시는 고기 한 점
더 구워 드리는 단란한 저녁

짐

등짐 봇짐
머리에 인 짐
짐 치고 무겁지 않은 것이
없겠지만

건강을 잃어가는
가족을 돌보는 일은
손에 든 무게보다
마음의 무게가 무겁다

나는 아니지만
남도 아니기에
아픈 짐도
덩달아 질 수밖에 없다

더구나 생을 잃어가는
가족을 지켜보는 일은
인생이 짊어진
가장 무거운 짐이다

전권이
넘어오다

최후의 보루가 뚫렸다

냄새가 나도

신호가 와도

결사적으로 움켜쥐고 있던

기저귀를 넘긴 후

기세당당하던

시어머니의 권세는

몰라보게 수척해졌다

궁뎅이를 이리저리 닦을 수 있는

기저귀 전권이 넘어온 후

며느리살이는 좀 수월해졌으나

가슴에 얹힌 돌덩이는 너무도 크다

설탕물 끓기

믹스커피 한 잔에도
설탕이 밥숟가락 두 개

시도 없이 때도 없이
진한 설탕을 물에 말아 드신다

"어머니,
의사가 그러는데
핏속에 설탕이 많아서
혈액이 끈적끈적하대요."

혈액순환이 안 되면
또 병원에 가야 한다는
협박 뺨치는
거짓말을 하고 말았다

병원에
다녀오신 후

부쩍 말수가 적어지시고
부쩍 잠이 많아지셨다

대자형 기저귀도 잘 차시고
대자형 알약도 잘 드신다

오줌 냄새도 약해지고
무작정 나가지도 않으시니

좋을 줄만 알았는데
가슴이 졸여 하루하루가 두렵다

배고픈
시어머니

밝아오는 아침
햇살은 눈부신데

활짝 젖혀진 방문보다
먼저 습격하는 지린내

아침을 기다리다 지쳐
게으른 며느리를 질책하는

밤새 잠을 설친
배고픈 시어머니의 시위다

테레비
너 때문에

어머니가 뿔났다
이것저것 꼬투리를 잡는다
믿지 마라 어머니는
지금 뭔가를 보았다

경대 밑에 숨겨둔
과자나 사탕이 아닌
뭔가 색다른 것의
신선한 정보를 얻은 것이다

이러저리 돌리는 말에 속아
대책이 안 설 땐
방금 전 테레비에 나온
음식을 찾아낼 일이다

현실인 듯 생생한 화면
맨날 지들만 처먹으니
어머닌 항상 배가 고프고
뒤집어쓰는 건 식구들이다

시어머니
본성

꼬박꼬박
말대답이 심한 며느리는
참을 수가 없어

"어디 감히
시어미를 가르치려 드느냐!"
호통을 치신다

누르고 누르던
며느리의 인내도
참을 수가 없어

"어머님 또 왜 그러시냐!"
더 큰 목소리로
말대답을 한다

한 번씩 회동을 치는
시어머니 본성
어머니, 그런 건 제발 좀 잊으시오

치매도
시가 되는 여자

밤점심

하루 종일
고작 하는 일이라는 게
자다 깨다
또 자다 깨다

한숨 자고 나면
아침이나 먹고
또 한숨 자고 나선
점심이나 먹는다

서둘러 저녁상을 물린 날은
길어도 너무 긴 밤
우주는 잠들어도
멈추지 않는 기상 본능

자다 깨어
밤점심이나 또 먹는다

치매도
시가 되는 여자

회식을
끝내고

멀리서도 보이는
노란 불 훤한 창
우리 집이다

밤 약속이 길어져
꼴딱 하루가 넘어가는
힘겨운 시각

에너지를 충전하고
현관문을 지키는 건
초저녁잠을 끝낸 어머니

안 들어도 들리는
불호령에 가슴이 쿵쾅
여보 나 좀 살려줘

어머님 사전에
며느리의 늦은 귀가는
용서할 수 없다

미움보다
깊은 사랑

그때 어머니가 가셨어야 했어
형님 그런 말 하면 안돼요

엄마가 이렇게 힘들게 할 줄 몰랐어
우리 그런 말은 하지 맙시다

치매가 오기 바로 전……
그날로 시간을 되돌릴 수 있다면
아무리 아파하셔도 그냥 참을 것을
신장이 품은 돌 하나 그냥 둘 것을

죽을 것 같이 아프다는 그 말
믿지 말아야 했다
차라리 죽는 게 낫다는 그 말
듣지 말았어야 했다

담석 빼러 들어간 병원에서
치매를 얻어 오실 줄 그 누가 알았으랴

그때 그냥 가셨으면

미움도 사랑인 것을

미처 알지 못할 뻔하였다

미워 죽겠는 어머니

그래도 사랑이 더 깊습니다

티셔츠
쪼가리

"아니 애 옷은 왜 입고 계세요?"
며느리 물음에
"아니 이런 거 많던데 뭐,
이까짓 티셔츠 쪼가리 안 입는다. 안 입어"
어머닌 화를 내시고
"아니, 안 입을 걸 왜 입었어요?"
며느린 면박을 준다

아이가 아끼는
윤기 나던 하얀 티셔츠는
붉은 김치국을 뚝뚝 흘리며
제 빛을 잃어 슬프다

이상하게
애들 옷을 좋아하시는 어머니와
그 꼴을 못 보는 며느리는
티셔츠 한 장 때문에
오늘도 어제처럼 언성을 높였다

치매도
시가 되는 여자

근육생성
프로틴

초콜릿 향이 나는
단백질 가루 프로틴은
운동을 시작한
아들의 저녁 식사다

아침엔 커피 한 잔
저녁엔 코코아 한 잔
점심엔 두유 한 팩
음료도 배급 받는 어머니

아침과 점심 사이
점심과 저녁 사이
밤에 자다가도 한 잔
몰래 코코아를 드시다

그게 뭐예요 어머니
며느리한테 딱 걸렸다
어쩐지 좀 싱겁더라니
알통 꽤나 생겼겠다

유리컵 주둥이가 빨갛다
어머님 드신 커피 잔에도
요염한 입술물이 들었다

새빨간 루즈를 바르고
바른 줄도 모르는 어머님
간밤에 아버님이라도 만나셨는가

바른 분이 뽀야면 뽀얄수록
입술이 붉으면 붉을수록
안쓰러워 눈시울만 붉게 젖는다

다이어트
약

먹기만 해도 살이 빠진다는
그 거짓말 같은 광고를
믿어나 볼까 하여
특별 세일 기간을 맞아
큰맘 먹고 몇 병 들여놓았다

평생 다이어트 떠날 날 없어도
성공한 기억이 별로 없는
저주받은 몸들을 위해
아침으로 혹은 저녁으로
거르지도 않던 그 약이 사라졌다

감쪽같이 없어진 약을
찾다 찾다 포기하고
귀신이 곡할 노릇이다
기이히만 여기는데
뭔가를 열심히 드시는 어머님

지들끼리만 나눠먹는 거

지켜보셨던 거다

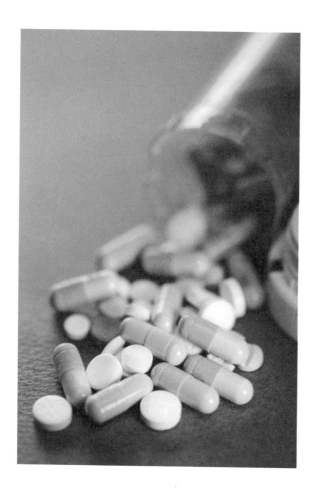

하교시간

교복 입은 애들로
북적북적 아파트가 부산하다
손주놈도 오겠다 싶어
전봇대 옆에 자리를 깔았다

다 지나가도록
녀석이 보이질 않는다
"애들아 우리 애 못 봤니?"
지나가는 학생도 모른단다

"아이고 엄마,
할머니 또 길에
쪼그려 앉아있어요
챙피해 죽겠어!"

사춘기 아들 녀석은
주차장으로 몰래 들어와
할머니 좀 말려 달라
엄마한테 하소연이다

친구합시다

이사를 하고 보니
아랫집에 노인네가 산다
똑똑 문을 두드려
윗집에 산다고 안면을 텄다

친구나 할까 하여 내려갔다
똑똑 문을 두드리고
띵동띵동 초인종을 눌러도
식전부터 어딜 갔나 대답이 없다

점심 먹고 또다시 내려가
똑똑 문을 두드리고
띵동띵동 초인종을 눌렀다
저녁에나 들어오는지 조용하다

다음 날도 다음 날도
어디 일을 다니는지 기척이 없다
얼굴도 볼 수 없는 할매여
늙은이끼리 친구나 합시다

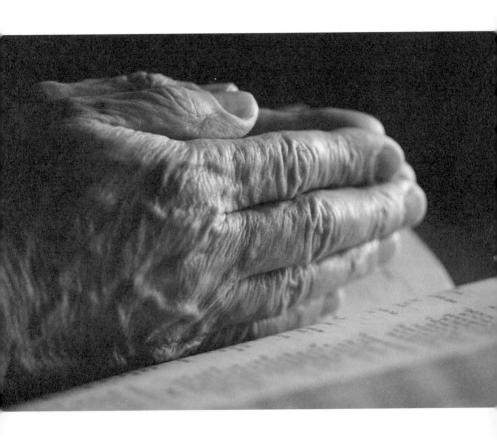

기도 중임다

화장실이 또 막혔다
얼른 들어와
기도를 시작한다

폭풍을 피하려면
기도가 젤이란 걸
기도하며 알았다

방문을 활짝 열고
씩씩대는 며느리도
내 기도발에 꼼짝을 못한다

난 지금 기도 중이다

갈비 먹는 날

설 명절이라고
다 같이 둘러앉은 밥상에
막내딸 좋아하는
LA갈비가 나왔다

먹성 좋은 손주놈
손길이 바쁘고
다이어트한다는 손녀딸도
부지런을 떤다

갈비 빨랑 먹으라고
상 밑으로 툭툭
식구들 눈치 보며
막내딸을 부르는데

눈치 없는 딸년이
"아! 왜 그래 엄마"
소리치는 통에

산통이 다 깨졌다

갈비접시 다 깨겠다

향수를
바르다

자꾸 냄새가 난다며
자꾸 화장실을 가라는데
도무지 왜들 그러는지
알 수는 없지만
좋은 방법이 생각났다

옹기종기 경대 위에
아기자기 모여 있는
열 개도 넘는 향수병
한 개쯤 가져온들
눈치채지 못할 것이다

귀 밑에 한 방울
팔 안쪽에 한 방울
겨드랑이에 한 방울
속옷에도 뿌리고
바지단에도 뿌렸다

좋은 냄새 난다고
좋다할 줄 알았는데
머리가 아프단다
냄새가 지독하다고
향수를 발라도 난리다

꺾어 신다

노르스름한 털이
눈처럼 소복한
털신 한 켤레
아담하니 이쁘다

시꺼먼 플라스틱
철사처럼 뻣뻣한 털
늘 신던 놈을 벗어 놓고
살짝 발을 넣어 본다

빽빽하니 쪼이는 게
잘 맞는 듯도 한데
들어가다 말고
발꿈치가 자꾸 들린다

에라 모르겠다
꾹 눌러 신고는
딱 한 바퀴 돌고 와
얌전히 벗어 놓았다

양가죽 무스탕을
다 망쳐놨다고
생난린데 누구 짓인지
머리가 돌 지경이다

가져가세요

장롱 안이 한가득
기저귀로 막혀 있다
센터에서 두 개씩
주는 대로 받아와
적금이나 되는 양
열심히도 모았다

불편해서 싫다고
그러실 때마다
참고 쓰시라며
어르고 달래다
이젠 너무 무거워
내려놓기로 한다

얼마나 쓰겠다고
특대형 솜뭉치에
파묻혀 허우적대다
필요하면 가져가세요
현관에 내놓으니

몰아쉬는 숨이

바람처럼 시원하다

세배

새해 복 많이 받으세요
남들은 그리 말하겠지만

어머니
며느리 좀 째려보지 마세요

어머니
아들 말 좀 잘 들으세요

할머니
제 물건 좀 가져가지 마요

할머니
내 옷 맘대로 입음 안돼요

그래도 어머닌
흐흐
설빔 새 옷이 좋아
그냥 그렇게 응 응 하셨다

셋째 딸이 온다

미국 사는 셋째 딸이
분명 온다고 하였는데
언제 오느냐고
자꾸 물어 그러는가
이젠 아예 온단 말이 없다

명절 지나면 온다는데
낼이 설이니 모레 오는 건지
정월 대보름에 온다는 건지
지들끼리 쑥덕이고

말들을 안 해준다

에미 보러 오는 내 딸을
왜 지들이 가로채려는지
전화 왔냐 물어도 답이 없는
이것들 죄목을 단단히
일러줘야겠다

에미도 몰라보고
말만하면 사사건건 대드는
며느리고 딸이고 아들이고
니들은 인제 다 죽었다
미국에서 셋째 딸이 온단다

완전범죄

화장대 거울에 주렁주렁
손주 사진을 걸어 놓는다

늙은 아들보다
고분고분 말도 잘 듣고
눈에 넣어도 안 아픈 녀석
사진만 보면 탐이 나 또 붙였다

며칠 되었다
꽃무늬 요란한 쇼핑백에 든
요상한 사진첩 하나
들랑날랑 꺼내 보다

손녀딸은 아닌데
뭐라 뭐라 하트 뿅뿅
자세히 볼 요량으로
살짝 들어다 놓곤 잊었다

손주녀석 여친이 챙겨 준
사진첩이 없어졌다고
아까부터 찾고 난리다
600일 기념이라나 뭐라나

깔고 앉을 게 마땅찮아
들고 나갔던 그게 확실한데
다시 가 봐도 뵐질 않으니
어차피 모르는 게 약이지 싶다

몰래 들어와 경대만 쳐다본다
사진첩이 둘째 딸 집에 있단다
그게 왜 거기 가 있는지
아까 그 누런 책은 또 뭐일는지

이런 젠장
꼼짝 않고 모르는 척이나 해야겠다

치매도
시가 되는 여자

커피나
한 잔 하려다가

한 잔 하려다
초가삼간 홀라당 태울 뻔

그윽한 커피 향에 홀려
플라스틱 냄새를 놓쳤다.

주전자 손잡이에
벌건 불이 붙어
뚝뚝
검은 눈물을 흘리는가 싶더니
불붙은 손잡이가
스르르 허물어졌다

에궁
낼 아침 커피 어쩌누
미처 손 쓸 새도 없이
불행은
단박에 왔다

괜히

커피나 한 잔 하려다가

"물을 많이 마셔야
건강에 좋습니다"
테레비에서 말했다

의사는
보리차가 아닌
생수를 보여 주었다

그 후로
1.5리터 생수병을
달고 사신다

젊은 애들처럼
팬시리
작은 병도 들고 다닌다

오다 가다
누웠다 일어났다

마시고 또 마신다

양 많은 소변은
기저귀를 적시고
겉옷에 배어나온다

꽃구경이라도 하시라
작은 꽃 화분 하나
방에 놓아 드렸다

오다 가다
누웠다 일어났다
생수를 화분과 나눠 마신다

다 피기도 전에
홍수가 나서
꽃은 시들고 멍울은 꺼졌다

물이 너무 넘쳐도
시들어 죽을 수 있음을
어머닌 몰랐고

꽃을 살리지 못한 생수는
술술 새는 노년의 체면도
살려 내지 못했다

분리수거

날아다닌다
모기는 아니고
그렇다고 파리도 아니다

냉장고에 가둬둔
시큼한 과일은
향도 새나올 리 없는데

난데없는
초파리와의 전쟁이
시작되었다.

방 안에 꿍쳐있다
썩어가는 복숭아, 사과
씹다 버린 거봉껍질

쓰레기를 치우며
말라버린 두뇌의 조각도
떼어낼 순 없을까 생각한다

음식물 봉투에

뭉개진 기억을 담아

분리할 순 없을까 또 생각한다

센터야

센터에서 실사를 온단다
노인 요양 보호엔
급수가 있다

허옇게 분칠을 하고
머리를 곱게 빗었다
새 옷도 꺼내 입으셨다

"아이고 이리 이쁜 아가씨가~"
"어머니, 어머니~"
중년의 다정한 아가씨는
어머니를 홀리며 검사란 걸 한다

오십 원짜리 일곱개
삼백오십 원을 맞추셨다
"나 잘했지?"

시험인 건 아시는지

예쁘게 잘해서
칭찬 받고 싶었나 보다

등급은 나오지 않았다
긴장이 풀려
내내 주무시는 어머니

새 옷을 적신 오줌은
온 집을 휘돌아
흥건하게 코를 적신다

노인용 기저귀나
쫌 싸게 주면 안 되겠니
이 센터야!

눈물 같은
오줌

온갖 근심 다 쓸어갈

힘찬 물 내림 대신

샤워수 흐르는 소리

안 봐도 훤하다

하수구에 쫄쫄쫄

오줌을 누는 것이다

아 정말

왜 그러시는 걸까

식구들이 진저리를 친다

반세기 넘게 살았던

푸세식 시절엔

다들 그리 하였으니

어머니의

뜬금없는 습관은

몸으로 기억되고 있다

어둔 밤
불도 켜지 않고
화장실에 가신다

바닥에 쪼그려 앉아
아직도
그때를 사시는 어머니

오늘을 잃어버려 슬픈
눈물 같은 오줌은
물소리에 묻히고

되돌리지도 못할
세월만 우두커니
어둠 속에 두고 나온다

내일은
어머니 방에
요강 하나 놔 드려야겠다

배신

벗은 신발을 만지작거리며
일부러 느리적
시간을 끄는 어머니

"어머니 언릉 화장실 가셔요."
며느리 성화에
단단히 뿔이 나셨다

"오줌도 안 쌌는데 왜 그래?"
그대로 소파 한가운데에
눌러앉아 버리신다

기가 막힌 냄새는
수명 다한 기저귀의
포화를 알리고

버티고 선 며느리와
퍼져 앉은 시어머니는
애들처럼 쌈을 한다

"젖었다구? 내가 만져봐?"
흠뻑 젖은 기저귀를
손으로 만져보고야 일어선다

"세 장이나 찼는데……."

외출에 들뜬 어머니는
겹겹이 찬 그 놈을
너무나도 믿었다

토란국

밥이 없다
전기밥솥 빈 통엔
맹물이 그득하다

분명 아침엔 넉넉했는데
"어머니, 밥"
"몰라!" 짧고도 간단하다

서둘러 새 밥을 안치고
돌아서 숨 돌리니
국솥에서 토란과 밥이 엉겨
탱탱 몸을 불리고 있다

토란국을 좋아하시는
어머니 헛헛한 기억을
밥 말아 든든히 채우셨다

기도

아버님 산소에 성묘를 하며
어머님께 대표기도를 부탁하였다

양 권사님
품위있게 기도를 시작하신다

우주 삼라만상을 창조하신
창조주를 부르며 당신이라 했다

자식들이 이렇게 다 모였는데
왜 당신만 없느냐 한탄을 하셨다

당신 덕에 잘 자란 손자 손녀를
감사한다고도 하셨다

어머니의 기도 속에 당신은
하나님이었다가 남편이었다

나는 하나님과 아버님이

잘 알아들으시길 기도했다

전화

"나야 나, 나 몰라요?"

아무개 마누라
아무개 권사
아무개 엄마
나예요 나 아무개

"에이 정말 왜 몰라?"
부아가 머리끝까지 치밀고
급기야 가만있는 며느리에게
엉뚱한 불똥이 튄다

그만치 말했으면 알 만도 하건만
반가운 답이 없으니
더 이상의
이산 상봉은 없었고

미련을 떨치지 못한
어머니는 홀로

기억의 언저리를 맴돌며
잃어버린 세월 저편을 서성인다

"에이씨 정말 왜 나를 몰라!"

이제 그만 하세요
마주보면 속 터지고
안쓰러움도 화가 되어
등 돌려 앉는 고부간이다

번호도 다 바뀐
노년의
낡은 수첩엔
못다 핀 그리움만 가득하다

배낭여행

속닥속닥
모의가 한창이다
로마 도심에 숙소를 정하고
기차와 버스 스케줄을 짠다

역사적 건축물 콜로세움
화산재 덮인 폼페이
베네치아의 곤돌라
산마르코 광장의 비둘기

네 식구 배낭을 둘러메고
여행 떠날 계획에
몰두할 때
어머니 자린 처음부터 없었고

우리만 자식이 아니니
잠시 누님 댁에
가 계신들 어떠리
양심엔 가책도 없었다

발산동에서 독산동
30분 가는 그 길도 여행이라고
발그레 설레는 어머니
짧은 드라이브를 끝낸

어머님의 한마디
아들 눈에 무거운 눈물 맺힌다
"나도 배낭 멜 수 있는데
......"

숨바꼭질

재활용 틈바구니에서
수줍게 얼굴 드러낸
비닐뭉치 하나
입을 꽉 봉한 채
시치미를 떼고 앉았다

음식물 쓰레기 곁에도
똑같이 생긴
비닐뭉치 하나
덩그러니 떨어져 있고

빨래 바구니 속에서도
주둥이 묶인
비닐뭉치 하나
뭉클하게 만져진다

숨겨도 숨지 못하고
느닷없이 드러나는
그놈의 부끄럼

차라리 잊히면 좋으련만

남모를 수치심을
주머니에 끼고는
버리지도 놓지도 못하고
감출 곳을 찾아 빙빙 떠돈다

쉬를 가릴 그 날
기저귀를 떼버릴 그 날은
결코 오지 않을텐데
숨바꼭질이나 멈췄으면

X-1
(연작1)

기억 저편을 사시는 어머닌
문단속도 늘 그렇듯
저 건너에서 하신다

홀로 두고 나갔다고
시위라도 하시는 건가
홀라당 안전키를 잠그고
코를 골며 주무시니
현관문 밖에서 미아가 되었다
오돌오돌 떨며
뱃속까지 추운 벌을 받는다

어머니 요건 잠그지 마세요
골백번을 말하다
강렬한 X표 하나를 그린다

"안돼!"
무서운 훈육 선생님의 가르침에
화들짝 놀라시것다

"테레비가 고장 났어,
티비가 왜 이렇게 안 나와!"

리모컨도 욕심이 나는지
죄 가져다 죽 늘어놓고
이것저것 눌러보며
영 대답 없는 화면에 화를 내신다

"요것만 사용하세요.
봐요. 애랑 애랑 색깔이 똑같죠?
애네 둘이 짝이에요."
회색 하나만 남겨놓고 나왔는데
십분도 안 돼 티비가 또 말썽이다

가만히 살펴보니
느려터진 리모컨이 켜지기 전에
본체 스위치를 누르고
그래도 안 켜지니

다시 리모컨을 누른다

마침 타이밍이 맞으면 좋고

안 맞으면 멍청하고

답답한그 놈과 또 씨름이다

버튼 위에 테잎을 붙인다

"안 돼!"

X님의 훈계가 두 개 더 늘었다

때로는……

때로는
다행이지 싶다

밥통에 밥 있고
냉장고에 김치 있고
렌지 위에 국 있고
식탁 위에 김 있다
고기라도 한 점 더 얹으면

아이같이 좋아하는
우리 어머니

청소 안 한 빈자리
빨래 늦은 세탁기
시 쓴다고 끄적대느라
늦잠에 빠진 며느리도
아랑곳 않으시니

때론 그렇지 싶다

사과 한 알에 두유 한 팩

건빵 한 봉지

때론 마른 빵에

딸기잼이랑 땅콩잼 듬뿍 발라

척하니 붙여 드리고

놀러가는 며느리

돈 많이 벌어오라 배웅하시니

아이구 어머니

때론 정말

다행이지 싶다

당산나무에 걸린 기원

머리가 돌 지경이다
생각을 더듬어 보니
어젯밤부터 그랬다

그냥 좀 그러다 말겠지
잠을 청해도
내내 콧속이 매웠다

서낭당 앞 당산나무에 걸린
음산한 광목처럼
누리끼리 뭉친 기저귀들

하룻밤의 운명을 거부하고
질긴 인연으로
좁은 방 한 켠을 차지하고 있다

반쯤 젖은 몸을 빨랫대에 걸치고
아직도 강렬한 생명의 향

암모니아를 뿜어댄다

내다 버리면 또 나오고
또 버려도 다시 생기는
아까울 것 하나 없는

새것이 될 수 없는
꺾여버린 희망
헛된 기원은 중천을 떠돈다

싸운 뒤에

태풍이 쓸고 간 자리
남아 있는 두 개의 섬

며느리와
시어머니는 말이 없다

섬 사이를 오고 가는
조각배도 지쳤다

두 섬을 이어 줄 다리도
보이지 않는데

"즘심 머 먹냐?"
태풍은 연안에만 불었다

아니 왜

문을 안 열어 주느냐

노발대발 소리치셨다

엘리베이터가

열리면

자석에 이끌리듯 내려

남의 집 문을 두드리시고

옆 동을 헤매다

누군가의 손을 빌려 오신 날은

갑자기 집 옆에 놀이터가 생겨

사람 헛갈리게 했다고

죄 없는 놀이터 탓을 하셨다

띠디 띠딕

스스로 열리는

현관을 못 들어오시어

나만 두고

다들 어디 갔느냐고
굳게 닫힌 문 앞에 주저앉아
날 저문 밤을 맞았다

반복되는 건망증
누구나 겪는 일로 알았던 일이
삶을 송두리째 앗아갈 줄
그땐 몰랐다

시작은 쉬웠다

청소

오늘따라
유난히 분주하시다

빼꼼히
발 디딜 자리에
물칠을 하신다

누가
"오겠노라"
한 모양이다

그리움

부산서 조카분이 오셨다
유치원 하는 사촌도 왔다 가고
교회 권사님도 다녀가셨다

그리움을 하나 둘
현실로 불러내는 어머님

낼은 또 누가 오려나
며느리는 가슴이 벌렁이고

낼은 또 누굴 부르나
어머니는 가슴이 설렌다

"저기~
나 죽으면 후회하지 말고
언릉 와~"

전화기를 붙들고
태연히
혹은 간절히 호소하신다

노출

"집이
시어머니를 만났어."
"아니
어디서 어떻게?"

물을 것도 없다
지나가다
아무라도 다가오면

우리 아들은 어디를 댕기고
우리 며느리는 뭘 하고
우리 손자는 아무갠데
공부는 어쩌고 저쩐다고

식구들의 신상을 펼쳐놓고
다 보라 들으라
광고를 하신다

어머니 제발

집안 얘기 좀 그만하셔요

통할 리가 없다

낯선 이도 우리를 다 안다

적반하장

아까부터
아랫배가 묵직했다

그래도
좀 참을 만은 하기에
고기 한 점 더 먹으려다
아차 실수를 하였다

아닌 척
시치미를 떼고 일어나
뒤처리도
완벽하다 싶었는데

그놈의 냄새가
고기 타는 것보다 진했다

밥 먹다 코를 싸쥐고 쌩 난리다
"엠병할 니들은 똥 안 싸냐!"
되레 큰 소리로 욕을 해 버렸다

어머니의
쌈짓돈

"내 돈 못 봤나!"
돈 내놓으라
아침부터 찾으신다

"전 모르는데요."
며느리는 돈이 많다
가져갈 이유가 없다

어머니도 아신다
그래도 꼭
고년이 치웠을 것만 같다

침상을 홀랑 뒤집고
호주머닐 다 뒤져도
발 달린 돈은
나오질 않는다

그저께
권사님이 심방을 오셨었다
"차비나 하시라"
극구 찔러 넣으시곤
며느리만 볶는다

스카프

고놈 참
색다르게도 생겼구먼
어머닌 자꾸 눈길이 간다

얼음물을 먹이면
탱탱하게 살 올라
냉기를 뿜어내는 스카프

아빠와 한라산 등반을 앞두고
아들이 준비한 히트 아이템은
파란 체크의 신기한 고놈

찾다 찾다 찾다가
비행기 놓칠라
서둘러 집을 나서는 부자는

가방 어딘가에 들어 있겠지
보이지 않는 고놈을
빼먹었을 리는 없다고 생각한다

손주 녀석이 매만지던

색도 참 고운 고놈

나 쓰라고 거기 두었나 보다

새벽까지도

가방에 걸쳐 있는 고놈을

언릉 들고 와 서랍에 재우는 어머니

장아찌

밥상 위에
어제나 오늘이 같은
조용한 옹기 서너 개를
늘어놓는다

없으면 허전하고
있어도 젓가락 몇 번 안 가는
장아찌의 다른 표현은
계절을 타는 어머니다

냉수말이 오이지는
시원한 여름이며
말라 비틀린 무말랭이는
어머님의 겨울인 것이다

인연

인연은
너와 내가
손을 잡는 일이다

내밀면
잡아주고 잡으면
당겨주는 한 몸 같은 인연

한 번 잡은 손엔
흐르는 길이 있어
뜨거운 피가 오고 간다

인연도 버거운
힘겨운 오늘도
잡은 손으로 생기를 나눈다

내일

딱 하룻밤만 자면
그날입니다

그리워 그리워
사무치게 보고픈 딸

지난한 세월이
삭풍으로 불어
눈처럼 내려앉을지라도
그 이름이 있어
남은 날을 살게 한
셋째 딸이
이역만리를 지나옵니다

이름 함 불러보고
손 한 번 잡아보고
등이나 한 번 쓸어보면
세상이 달라질
그날은

내일입니다

내일은
그래서 희망입니다

고맙습니다

이쁘지도
그리
착하지도 않은
제 곁에 있어줘서
고맙습니다

순하지도
그리
만만하지도 않은
제 성질 견뎌줘서
고맙습니다

하루 하루
죽지 못해 산다시면서도
쨍쨍한 목소리로
건강을 알려주시니
고맙습니다

사람이
그리
쉽게 변할 리는 없겠지만
이제부터는 어머님의
고마움이 되겠습니다

아이 같은
어머니

우아하고 단정하니
품위가 있던 어머님의
흘러간 날들이
믿기지 않습니다

점점 어려져
거꾸로 부는 바람처럼
늘 불안한
아이 같은 어머니

까먹지도 않고 튀어나오는

까마득한 옛날 이야기도
어머님의 기억이라는 게
믿기지 않습니다

젊음을 잃으면
그리 될 수 있다는 걸

노년에 비로소 실감하니

아예 늙지 말걸 그랬습니다

다시 부르는
노래

벽 앞에 서서

다시 부르는 노래는

춤추는 사랑보다는

푸른 하늘을 꿈꾸는

벅찬 희망이기보다는

나즈막히 내려앉는

행복이면 좋겠습니다

벽 앞에 서서

터질 것만 같은 가슴을

조금만 열어두고

숨처럼 휘파람을 들이면
파릇하게 열리는
봄날처럼 신선한
행복이면 좋겠습니다

벽 앞에 서서
다시 부르는 노래는
끝까지 가사를 다 몰라도
느낌으로 전해져
마음을 두드리는

시가 되고 노래가 되어
날마다 행복이면 더 좋겠습니다

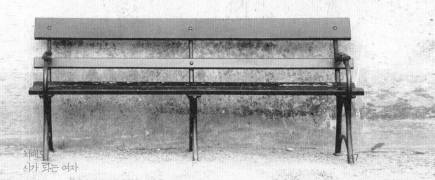

사랑은
일사천리

그저 그렇게
밥 먹으러 몰려가
주섬주섬 앉은 자리
어머니 옆에
잘생긴 총각이 앉았다

통성명을 하고
잦은 얘기 나누던 끝에
서른 셋 울 딸이 아직 시집을 안 갔어
어머니는
막내딸 허락도 없이
사주단자를 풀어 놓고
독거총각은
장모님 하며 손을 덥석 잡았다

그저 그렇게
사랑은 일사천리로
다가오고 있었다

배가 고팠던 우리는

밥이나 먹으며 배를 채우고

먹는 둥 마는 둥

될지도 모르는 장모와 사위는

허기진 사랑에 밥을 주느라

몹시 바쁜 듯 보였다

맞은편에 앉아

연신 입을 틀어막고

볼이 터져라 웃고 있는 막내딸은

오십을 넘은 지가 벌써 오래다

무차를
마시다가

질경질경
무 두 쪽을 씹는다

방금 세수한
뽀얀 얼굴로 만날 땐
하얀 속살이
아삭아삭
상큼하기만 하더니

햇볕에 그을리고
불에 달구어진
비쩍 마른 몸
진국을 다 우리고
물컹하니 남아
슬픈 눈으로 올려 본다

질경질경
늙은 몸을 부비며

느릿느릿
걸음을 옮긴다

말라비틀어진 인생도
물에 팅팅 불려
다시 써먹을 수 있으면
좋겠다 정말 좋겠다

붉은 팥을 씻는다
한 톨 한 톨
치대도 나올 것 없는
알갱이가
내 마음만 같다

단단한 껍질을 녹이려
붉은 불을 돋워도
그저 그 자리
풀어지지 않는
우리 집 고부간이다

곧
풀어질 몸인 것을
그리될 운명인 것을
동짓날 끓이는 팥죽은
며느리의 순종이다

동지엔

팥죽을 먹어야

악귀가 물러간다고 믿는

어머님이 온순해지시니

동지팥죽은 평화다

치매시를 왜 쓰느냐
물으신다면…

치매 8년차에 접어드는
시어머니와 함께하는
며느리의 이야기입니다

처음 치매 진단을 받고
왜 나냐고
내가 왜 이걸 감당해야 하냐고
낙담과 슬픔에 빠진 건
당사자보다 더 아플 준비에 두려운
며느리였습니다

피하고 싶었습니다
하루하루 심해지는
생활이 지옥 같아 싫었습니다
피 한 방울 살 한 점 안 섞였는데
원망스런 남편에게 미뤄두고
도망가고 싶었습니다

쓰레기를 주워 오면
내다 버리며 싸우고
기저귀를 아무 데나 처박아
냄새가 진동하면
내가 마치 시궁창에 처박힌 듯
절망하며 울었습니다

그러던 어느 날
시를 쓰게 되었지요
사건이 에피소드가 되고
도저히 알 수 없는
행동의 뒷면이 보이며
아하 그래서 그러셨구나

점점 싸움이 줄었지요
문제가 없어진 건 아니지만
견딜 만한 힘도 생겼습니다
애들 옷을 마구 갖다 입어도
방 안에 생수병을 쌓아 놓아도
주부가 웃으니
식구들은 저절로 행복해집니다

지옥으로 떠밀리다
천국의 계단에 발을 걸친
아슬아슬하고
생생한 이야기
"치매도 시가 되는 여자"입니다

치매도
시가 되는
여자

-수필

건망증 며느리와
치매 시어머니

분명 수요일이라 했는데…….

아침 운동 갔다 들어와 주방엘 들어가니 전기밥솥이 하늘을 보고
입을 딱 벌리고 있다.

물이 가득 든 채로…….

점심 먹을 밥이 없다고 성화를 대는 어머니.

"알았어요, 알았습니다~"

부리나케 쌀을 씻어 밥을 안친다.

분명 아침에 밥솥에 밥이 넉넉한 걸 보았었다.

'내가 뭘 잘못 알았나'

잠시 갸우뚱해 본다.

그럴 리가 없다고 생각은 하지만 확신할 자신이 없다. 어느 날인가
부터 건망증이 심해졌다. 그럴 때마다 나도 혹시 치맨가 하여 잠시
두려움에 빠진다.

에구, 모르겠다.

욕심 많은 어머님이 그걸 다 드셨나 보다라고 생각하기로 한다.

화장실 나올 때 지퍼 닫는 걸 잊으면 건망증이요, 화장실 가서 지퍼

내리는 걸 잊으면 치매라는데 바지에 오줌을 싼 적은 없으니 일단, 건망증 쪽으로 혐의를 두기로 한다.

아침저녁 어머님은 약을 드신다. 지난번 병원에 다녀오신 이후론 약의 개수도 점점 늘어나 한꺼번에 일곱 여덟 알을 드셔야 한다. 좀 젊고 낫다고 어머님의 수발을 들면서 헛갈리지 않으려 가장 조심하는 부분이 바로 약이다. 약을 드리고도 또 드릴까 봐 그것보다도 혹시 잊어버리고 중요한 약을 못 드릴까 봐 아침에 일어나면 어머님 약부터 챙긴다. 건망증에 오락가락하는 며느리가, 치매로 더 왔다 갔다 하는 어머님께 이래라 저래라 하는 꼴은 좀 민망하지만 그런 며느리 말에 의지할 수밖에 없는 상황은 엄연한 현실이다.

하루치 약을 머리맡에 꺼내 놓고 식사가 끝나자마자 바로 잡숫고 일어나게 했더니 다행히도 약을 거르는 불상사는 생기지 않는다.

갱년기를 하루가 다르게 앓고 있는 며느리도 자신의 약을 챙기며 '아까 먹었던가, 안 먹었던가' 잠시 당황한다.

한 달 치 약병이 빠르게 비기도 하고 때론 남기도 하니 그럭저럭 평균치로 먹고 있다고 안심을 한다.

어쨌든 수요일에 뭔가 중요한 일이 있는 것 같은데 좀체 기억이 나질 않는다.

"어머니 수요일에 무슨 일이 있나요?"

답답함에 어머닐 부르고 말았다.

"아 그거 미국에서 셋째가 온댔잖어."

맞다. 뉴욕에 사는 애들 고모, 그러니까 어머님 셋째 딸이 온다고 했다. 머릿속에 빨간 동그라미 열 개 아니 백 개는 그려놓고 계시는 어머님은 분명히 딸의 귀국을 기억하고 계셨다.

분홍색 보따리를 얌전히 싸 놓고는 딸과 지낼 한 달을 잊지 않고 계셨다.

치매 시어머니가 건망증 며느리를 완전히 누르고 공항으로 딸 마중 가는 날, 수요일은 마치 소풍처럼 설레는 어머니의 날이었다.

61세 어머님 생신 가족 모임 후

어머니와 꽃

　　　　유난히 꽃을 좋아하시는 어머님. 5월의 카네이션을 받으실 때는 함박꽃 소녀가 되신다. 오늘도 역시 활짝 핀 꽃소녀로 곱다.

　　천지가 꽃밭인 화창한 봄날은 그래서 더 어머님의 기분을 들뜨게 한다. 어머님과 길을 나서는 날은 며느리의 잔소리가 유난하다. 산이나 들은 물론 남의 집 담장 안에 있는 꽃마저도 보기만 보면 꺾으려 하시기 때문이다.

　"어머니, 꽃 꺾으면 안 돼요."
　"아유~ 예뻐서 그래."
　꽃으로 손이 가는 어머니와 말리는 며느리의 대화다.

　"어머니, 꽃 꺾으면 잡아가요."
　좀 심하다 싶은 며느리의 협박에도
　"아유~ 누가 본다고 그래."
　어머니는 손을 뿌리치며 꿋꿋하게 답하신다.
　그래도 멈추지 않는 잔소리에
　"아유~ 늙은이가 좀 꺾으면 어때서 자꾸 그래~."

급기야는 역정을 내신다. 며느리의 참견이 야속하고 싫으신 거다.

"어머니, 애비가 대신 잡혀가요."

이쯤 되면 아들을 파는 게 그중 나은 방법이다. 아들이 어찌 된다고 하면 기겁하시는 걸 잘 아는 며느리의 얕은 속임수다. 그나저나 평소엔 그리 잘 통하던 며느리의 한 수도 화려한 자태의 한 송이 꽃 앞에서는 전혀 힘을 못 쓴다.

곳곳에 CCTV가 있어서 애비를 잡아간다고 그리도 어르고 달랬건만 곧이도 안 듣고 어느새 꽃 한 다발 꺾어 드시는 어머니. 결혼식이나 남의 잔치에 가서도 몰래 신문지에 꽃을 싸오시는 어머님의 무의식에 가까운 습관을 어떻게 고칠까 고심고심 하다가 내린 처방은 직효했다.

철마다, 때마다 꽃이 보이기만 보이면 이천 원, 삼천 원, 오천 원…… 꽃 화분을 방에 놓아 드리는 것이다. 혼자 보고 또 보고……. 마치 어린아이 달래듯 이리저리 돌려 보며 "아유 예쁘다, 예쁘다" 하신다. 어찌나 물을 많이 주는지 흥건해지는 물 받침은, 며느리 입이 다 닳도록 주의를 드려도 여태 고쳐지지 않는다.

"어머니, 요렇게 만져 봐서 흙이 고슬고슬하면 그때 물 주세요~ 예?"

손을 화분 위에 밀어 넣어 흙을 만져 드린다.

"알았어, 내가 그것도 모를 줄 아니."

그때뿐, 암만 일러드려도 화장실 다녀오다 휙~ 물 한 컵을 따르다가도 어느새 휙~ 화분과 나눠 마신다. 며느리 볼 새라 빠르게 휙~.

어버이날이라고 카네이션이 천지다. 달고 나가 자랑할 곳도 없는 우리 어머니는 주먹 만한 코사지보다 옹기종기 꽃송이 맺힌 작은 화분에서 눈을 떼지 못하신다. 어머니 좋아하시는 쑥버무리를 쪄내는 며느리도 오늘만큼은 잔소리를 거둔다. 물도 마음대로 주시고 꽃도 마음대로 꺾게 마음을 내려놓는다.

69세 아버님과 이른 봄 나들이

치매에 대처하는 법

거창한 제목이긴 하지만, 우리 가족이 치매 어머니를 모시고 살아가는 방법을 풀어 보자면 이렇다.

누구도 원한 적 없지만 고약한 병이 일단 생겼으면, 받아들여야 한다. 24시간 치매 증상이 나타나는 것은 아니기에, 정신이 맑을 때를 이용해 분별할 수 있도록 대화를 한다. 부끄럽다고 건망증으로 돌리거나 잠깐의 실수로 덮으려 하지 말고 '내가 이럴 수 있는 사람이구나.' 인정하고 도움을 청하게 해야 한다. 혼자 무언가를 하려 하면 할수록 사고의 위험이 커진다. 가족은 친절히 수습해 주면 된다. 반복적인 실수에는 강하게 대처하는 충격요법을 쓰는 것도 효과 있다.

치매도 종류가 많고 증상이 각각이지만 우리 어머님은 집을 못 찾으시는 증세부터 왔다. 노인들이 집을 못 찾는 일은 치매가 아니더라도 올 수 있으니, 평소에도 대비로 목걸이나 예쁜 팔찌에 주소를 적어 드리면 좋다. 지역에 치매환자 등록을 하면 직접 주소를 적지 않고 암호화된 표기를 하여, 엉뚱한 범죄에 노출되지 않는다. 경찰에 신고하면 보호자의 연락처를 알 수 있다.

두 번째 증상은 물건을 찾는 일이 잦아진 것이다. 특히 돈을 잃어버렸다고 주변 사람을 의심하기 시작하는데, 그 일로 기분 상할 필요는 없다. "난 어머님보다 돈 많다. 어머님 물건 하나도 탐 안 난다."는 인식을 심어 주고, 주는 것도 받지 말고 달라는 대로 드리지도 말아야 한다. 우리 딸은 자신의 물건을 자꾸 쳐다보고 만져보고 하니 "필요하면 가지세요." 했다가 양말, 바지, 속옷, 가방, 화장품 심지어 생리대까지 할머니 방에 가서 찾아와야 하는 수고를 매번 한다.

가끔은 자신의 물건을 정리하여 주변에 나눠 주시는데, 안 받기도 뭣하여 받으면, 나중엔 쓰레기도 받아 드려야 하는 일이 생긴다. 우리 큰시누이는 엄마가 주는 물건을 필요해서라기보다는 안쓰러워서, 몇 번 받았다가 본의 아니게 어머님께 길거리에 비치된 재활용 상자 뒤지는 취미를 선사했다. 별걸 다 주워 와 큰딸 주겠노라고 보따리 보따리 쌓아놓는 고칠 수 없는 병을 만들었다. 혹시 우리 어머님께서 "우리 딸이 쓰던 거다."라거나 "손녀가 입던 거라."라고 말씀하시며 무언가를 준 일이 있다면 슬프게도 그건 재활용 통에서 분류해 내신 것이 틀림없다.

세 번째 증상은 자꾸 누군가를 청하는 일이다. 시공간의 구별이 힘들어지니 옛날 수첩의 이름들을 뒤적여 전화를 하고 다행히 받으면 "나 죽기 전에 보러 오라."고 운을 놓는 것이다. 10여 년째 연락 없던 조카가 갑자기 방문을 하고, 옛날 교회 구역장이 찾아오고. 심지어는

"제발 전화 좀 하지 마시라."고 해달라는 전화가 오는 지경이 된다.

네 번째, 다섯 번째 증상은 계속 불어나고, 불편하고 힘든 일들은
끝이 없다. 이쯤 되면 가족들의 치매앓이가 시작된다. 대처하는 방법
이 다르다 보니 아들과 며느리의 언성은 높아지고, 시시콜콜 쓸데없
이 계속되는 할머니의 참견을 받아주다, 받아주다 아이들도 한계에
다다른다. 하루아침에 불효 아들 며느리에 불효손들이 되며, 일찍부
터 배워 둔 효에 대한 갈등이 생긴다. 스스로 자신의 자아와 싸우게
되며 가족 간에도 편이 갈린다.

남편은 아내가 좀 참아 주기를 바라는 맘이다. 아내는 남편이 어
떤 실질적인 해결안을 내주기를 바란다. 손녀딸은 그저 안쓰러운 할
머니에게 "네, 네." 하다 보니, 문제를 불러 엄마와 자주 부딪는다. 할
머니의 억지를 눈앞에서 목격하며, 매번 고생하는 엄마가 안돼 보여
"할머니 좀 그러지 마시라."고 어린 아들 녀석은 할머니께 대들게 된
다. 집안 꼴이 말이 아니다.

명절이라고 자연스럽게 식구들이 모였다. 밤새 고심한 아내가 제
안을 하였다.

"형님들. 어머님 뵈러 저희 집에 오지 마세요. 어머님 한 분만으로
도 힘듭니다. 숨통이 터질 것 같으니, 엄마가 보고 싶거든 모시고 가
서 실컷 보셔요."

어디서 못돼 먹은 소리를 한다고, 엄마 집에 오지 말라는 게 말이 되냐고, 너 그렇게 안 봤다고…….

무수한 원성을 뒤로 하고 한 달에 한 번, 딱 일주일. 어머님은 아들 차를 타고 소풍을 가신다. 바리바리 주워다 싸놓은 짐 보따리를 싣고 큰누님 댁에서 일 주일 머물고 오신다. 삼 주를 아들, 며느리, 손자, 손녀와 지내시다가 다시 둘째 누님 댁으로 가시면, 세 자매 모두 모여 파마도 해 드리고 목욕도 해 드리고, 맛난 것도 해 나눠 먹는다. 속초 사는 막내딸 집은 일 년에 두어 번 몰아서 가시고, 미국 사는 셋째는 해마다 한 번씩 들어와 어머님과 짧은 여행을 함께한다.

"올케, 그동안 고생 많았네. 엄마가 옛날 우리 엄마가 아니야."

"엄마가 왜 저렇게 되셨다니? 우린 이 정돈 줄은 몰랐네."

올해부터는 한 주 더 늘여 2주씩 계시다 오시기로 하였다. 아들 집을 베이스캠프로 하고.

7년의 시간이 흘렀으나 병환이 많이 나빠지지 않은 건 가족의 힘이다. 꾸준히 복용한 약의 효과도 있지만, 때마다 닥친 위기를 잘 넘긴 때문도 있다.

일단 약의 혼합 복용을 주의해야 한다. 눈에 띄는 약이란 약은 다 드시려고 하니 영양제도 잘 관리하여야 한다. 다이어트 약도 통째로 들고 가 숨겨 놓고 드셔서 한참을 찾았었다. 밤에 잠 못 든다고 하도

성화를 하셔서 수면제를 복용했었는데, 지금은 생각만으로도 아찔하다. 혼미한 정신으로 집안을 배회하시고, 여기저기 부딪고 넘어지는 일이 생겼는데 수면제를 끊으니 싹 가셨다. 그땐 치매 증상인 줄만 알았었다.

막무가내로 우기거나 떼쓸 때, 대꾸하면 포악해지는 건 한순간이니, 한 템포 숨을 고른다. 다 늙은 누나들은 맞기도 많이 맞았다고 했다. 뭔가를 잘못해서 일을 저지르면 뒷수습을 아들이 하게 했다. 그리곤 부부가 큰 소리로 못살겠다고 싸우는 척을 했다. 정신이 없는 중에도 당신 아들이 이혼당하고 고생하는 꼴은 못 보시겠는지라 효과가 조금 있었다. 중요한 순간에 며느리는 빠지고 아들을 내세우는 것도 좋은 방법이다.

집에 환자가 있으면 식구들 삶의 질이 떨어지는 건 분명한 일이다. 더구나 치매일 때는 그 크기가 더하다. 그래서 제안하는데 되도록 할머니 때문에 무언가를 못 한다는 생각은 하지 말자. 어제같이, 오늘같이, 내일도 여전히, 특별히 더 잘해 드리겠다는 의욕을 갖지 말고, 그저 함께하는 생활을 하면 된다.

가족외식, 할머니 때문에 못할 이유는 없다.

가족여행, 할머니께 미안하여 온 식구가 다 포기할 필요도 없다.

친구초대, 그건 좀 삼가고 있다. 혼자 계신 집에 노인정 할머니들 다 모여 있던 어느 날, 난 기절하는 줄 알았다. 커피를 끓이고 간식을 내 드신 광경. 1층이라 밖도 잘 보인다며 몇 번을 모이신 건지 한두 번이 아님에 아범을 팔았다.

"어머니. 혹시라도 할머님 중에 무슨 일이 생기면 애비가 다 책임져야돼요. 그러니 친구분들 부르지 말고, 노인정에 가서 노세요."

아기처럼 달래는 내 말에 "너는 친구들 오면서 나는 왜 못 부르게 하는 거야?" 어머님 치매 드신 이후론 누굴 부른 적도 없는데, 목사님 심방 오신 걸 기억하고 계셨다. 공평하게 며느리도 친구를 부르지 말아야 할 일이다.

(어머님 치매 얘기 나오니 주변에 걱정하는 분들도 많고, 비슷한 일로 고통받는 이들도 있고 하여 먼저 겪은 일을 적어 보았습니다.)

68세 즐거운 여름 휴가

치매

유명 아이돌 그룹의 멤버 A씨가 조부모님상과 부친상을 함께 당했다는 뉴스를 들었다. 교통사고에나 있을 법한 충격적인 소식에 누구보다도 마음이 아팠던 건 부친이 남긴 유서의 한 구절 때문이다.

"부모님은 내가 모시고 간다."

A씨의 할머니, 할아버지는 치매를 앓고 계셨다고 한다. 아내와 이혼한 아버지가 혼자 모시고 살았다니 그간의 몸과 마음고생이 눈에 보이는 듯하다. 우리 집에도 치매를 앓고 계신 어머니가 계시기에 남의 일 같지가 않은 것이다.

치매란 놈은 슬며시 찾아왔다.

"아니, 왜 문을 안 열어 주는 거야?"

교회엘 다녀오신 어느 날, 날마다 열리던 자동문을 안 열어 주었다고 어머니께서 역정을 내셨다. '뭔가 착각이 있었겠지.' 하고는 그냥 넘겼다.

"아니, 집 옆에 놀이터는 또 언제 생긴 거야?"

내둥 다니던 길을 잃고 옆 동으로 가서는 없던 놀이터 때문에 헛갈렸다고 탓을 하셨다. 한밤중에 베란다를 배회하실 때에는, 눈빛이 여느 때와 달라 식구들이 겁을 먹기도 하였다.

'기력이 떨어지셨는가 보다.' 생각하여 한약에, 양약에, 어른들 좋아하시는 링거도 삼세번을 맞았다. 그러나 그 후로도 나갔다만 들어오시면 남의 집으로 가셨다. 10층을 눌러도 3층에서 문이 열리면 3층으로 가 굳게 닫힌 남의 집 문을 두들겼다. 5층에서, 7층에서 문이 열리면 열리는 대로 그냥 내리셨다. 이웃들이 모셔오기를 여러 차례. 아들은 아닐 거라고 하였으나 며느리의 눈에는 미국의 대통령도 걸렸다는 떨칠 수 없는 이름이 자꾸만 떠올랐다.

냉이를 캔다며 아파트 잔디를 헤집고 다니시던 햇볕 따스한 봄날, 불길한 예감을 떨쳐내지 못하고 어머니는 환자가 되셨다. 치매를 잘 가려낸다는 어머님 본인의 소개로 물어물어 찾아간 병원. 그곳에서 이미 30% 진행되었다는 청천벽력 같은 진단을 받은 것이다. 병을 알고 우리가 제일 먼저 한 일은 이사다.

멀쩡한 내 집을 전세 놓고, 남의 집 살이 7년째.

엘리베이터 헛갈릴 일 없고, 번호를 몰라도 문을 척척 열어 주는, 남들에게는 불편한 1층이 우리에겐 안성맞춤이다. 카드 2개를 목걸이처럼 걸고 그냥 스치기만 하면 문이 열리는데, 그 카드도 잃어버려서, 일하다가 몇 번씩 뛰어가기는 했어도 집을 잃을 염려 적은 1층.

어머니가 치매를 진단받은 지도 7년째.

그간 본인도 힘드셨겠지만 식구들의 고생이 말이 아니다. 모친의 정신이 사그라져 가는 걸 지켜봐야 하는 자식들은 정신적으로도 육체적으로도 피폐하다. 부부는 싸움이 잦아지고, 아이들은 예민해진다. 집은 점점 지저분해지고, 공간의 구분과 시차의 변화에 둔해지는 어머니는 생각나는 대로 말하고 하고 싶은 대로 행동하기 일쑤다.

"나 죽으면 후회하지 말고 찾아오라."는 어머니의 난데없는 전화를 받고 헐레벌떡 찾아오는 지인들이 하루가 멀다 하고 많아지니 식구들은 귀찮다.

따뜻하고 인자하며 고왔던 할머니는 어디 가시고, 고집불통에 추레하게 냄새나는 몸으로 욕 잘하는 거짓말쟁이 할머니가 계신 것이다.

물건에 대한 욕심이 많아져 날이면 날마다 남이 버린 것을 주워 오고, 식구들 물건도 뭔가가 눈에 안 띈다 싶으면 어느새 침대 머리맡에 자리 잡고 있다. 옷이나 양말, 가방, 손녀딸이 애지중지하는 마른지 제인지가 만들었다는 백까지도 들고 나오신다.

"아니 아이 가방은 왜 들고 계세요?" 물으면 "필요하면 할머니 가지세요." 했단다. 십수 년 전 어느 날 했던 말이 아무 때나 편한 대로 생각나기 때문이다.

식탁에 올려두고 함께 나눠먹는 건 맘에 안 차는지 꼭 방 안에 꽁꽁 넣어 두었다가 곰팡이가 스멀스멀 피어올라야 품에서 내놓는 주전

부리들. 사실 이런 건 애교다. 현관문 열어 놓고 나가기. 문이란 문은 비상문까지 안에서 다 잠그고 잠들기. 대변 흘리기. 옷 입은 채 소변 누고 시치미 떼기. 금쪽같은 손자 공부 방해하기. 한두 가지가 아니다 보니 하루 종일 붙어 사는 며느리와는 좋을 리가 없다. 가고 싶은데 못 가게 하고, 기저귀를 갈아라, 옷을 갈아입어라, 씻어라, 콜라 그만 마셔라, 커피 그만 마셔라, 오줌 쌀까, 똥 쌀까, 집 나갈까, 날마다 그게 걱정인 그 집 며느리의 평판도 이미 땅에 떨어진 지 오래다. 삶이 송두리째 뒤흔들리는 마당에 뭐 그게 그리 중요한 덕목도 아니게 되는 것이다.

치매는 가족이 함께 앓는 병이다. 아니 가족이 더 아픈 병이다. 노부모의 병간호에 심신이 얼마나 힘들었으면 극단적인 길을 선택했을까. A군의 아버지가 저 세상에서라도 편안하기를 빌어본다.

내게도 한때는 벗어나고픈 날들이 있었다. 아이들만 크면, 막내가 대학만 들어가면. 피 한 방울, 살점 하나 안 섞인 내가 감당해야 하는 치매의 무게가 두려워 내려놓고 싶은 날이 참 많았다. 요양원도 답이 아니고, 남편과의 이별도 최선은 아니다 싶어 혼자 울기도 많이 울었었다.

환경은 사람을 참 많이도 변화시킨다. 체념하는 법도 가르쳐 준다. 요즘의 기도는 그것이다.

"더 이상 나빠지지 않게 해 주세요."

"가족이 견딜 수 있는 만큼만 주세요."

기도를 들으셨는지 오늘은 떼도 덜 쓰시고, 기저귀도 잘 가신다. 세월이 가르쳐 준 행복이다.

남편에게 수십 개의 하트를 카톡에 담아 날린다. 험한 길 힘든 길 함께 헤쳐 가 보자는 무언의 손 내밈이다. 달랑 한 개의 검은 하트가 왔다.

"붉은 하트는 어떻게 보내는지 몰라."

간신히 SNS 까막눈을 면한 남편의 답에 미소 짓는다.

66세 여의도 벚꽃놀이

어머니의
기도

어머니의 기도는 디테일했다.

"우리 아들 정년퇴직하기 전에 누운 듯 데려가소서. 아멘"

아들 나이 57세. 아직도 창창한 청년인데 벌써 30년 근속을 마치고 퇴직을 하였다. 동료, 후배들과 마지막 인사를 나누며 사무실 책상을 정리하고 집에 들어앉은 지 한 달 만에 어머님은 아들의 퇴직을 눈치 채셨다. 까마득하게 멀리 있는 줄 알았던 아들의 퇴직이 순식간에 닥쳐와, 혹시라도 불안해하실까 봐 걱정되는 건 식구들이고, 어머님의 속은 알 수 없었다.

"왜 아직 안 일어나?"

하루는 자는 아들을 회사에 가라고 깨웠다.

"오늘이 공일이야?"

또 다른 날은 테레비 보는 아들에게 묻고 또 물었다.

"아이고 어머니, 애비 이제 회사 안 나가요."

"아니, 왜 안 가? 회사 그만뒀어?"

그리곤 이어서 아들의 손을 잡으며

"아니 어쩔라고 회사를 관뒀냐."고 끌탕을 하셨다.

"어머니, 정년퇴직했어요."

"아니 얘가 왜 벌써 퇴직을 해? 몇 년만 더 댕긴다고 하지 왜 나왔어?"

"어머니, 맘대로 나온 게 아니구요, 나가야 해서 나왔어요."

아들은 말이 없고, 귀도 잘 안 들리는 시어머님과 고래고래 소리를 지르며, 무사히 대화를 마친 건 며느리다. 그 뒤로 괜히 풀 죽어 지내시는 듯 보이는 어머니, 아들이 집에 있어 좋아만 하실 줄 알았는데 그게 아닌가 보다. 방 안에 앉아 있다가도 벌떡 일어나 가만히 있는 아들 얼굴 보시다가 훌쩍 들어가신다. 화장실에 가다가 나와서도 물끄러미 아들 모습 지켜보시며

"에이 내가 언릉 갔어야는데~ 쯧쯧"

혀를 차신다.

오랜 직장 생활 끝에 잠시 누리는 휴식, 중간에 퇴직금 한 번 받고 다시 일 나갈 거라고 아무리 설명을 해도 금세 잊으신다. 아들의 칩거가 낯선 어머니는 마음 아픈 백수로만 보이는 건 어쩔 수 없는가 보다.

쉬는 김에 여유를 즐기려 아들은 미국으로 여행을 떠났다. 뉴욕에 사는 누나 집에 들러 나이아가라 폭포도 구경하고 무엇보다 골프 유단자(?)인 매형과 골프나 실컷 치면서 모처럼 맞은 망중한을 즐기겠다는 야무진 계획을 실천 중이다. 마침 영어 유창한 딸내미가 동행하

니 더없이 행복한 시간을 누리게 된 것이다.

공항으로 떠나는 날 분명 인사를 하였다.

"잘 다녀오겠습니다." 인사에

"에미는 왜 안 가느냐?" 물으셔서

"어머님 보느라고 못 갑니다." 하였더니,

"에이."라고 하셨었다.

그런데 그때부터 길고 긴 어머님의 기다림이 시작되었고, 기도의
주체는 아들이 되었다.

"별일 없이 무사히 돌아오게 하소서. 아멘"

"애비 오늘 안 와?"

"네. 어머니 여행 갔잖아요."

"아이구 얼마나 힘들면 집을 다 나가누."

시도 때도 없이 아들의 안부를 챙기고 밥 먹다가도 갑자기 눈물을
글썽이신다.

"어디 가서 밥은 제대로 먹는지, 쯧쯧" 삼류 드라마를 많이 보신 때
문인지, 집 나가는 남자들의 뉴스를 많이 접한 때문인지 걱정은 걱정
을 낳고 불안한 사건을 만든다.

'미국 형님 댁에 갔어요.'라고 말하면 밤낮으로 전화하실까 봐 행선
지를 말씀 안 드린 것이 실수다.

"걱정 마세요. 잘 먹고 잘 자고 있어요."

아무리 말씀을 드려도, 어머님 머릿속에 그려진 실직자의 고정 관념을 떨칠 수가 없으신 모양이다.

남루한 차림에 밥도 제대로 못 먹고 거리를 방황하는 노숙자. 멀쩡한 신사를 하루아침에 거리로 내몬 사회를 비판하는 현실이 실감 나시는 모양이다. 아무리 아니라고 설명을 해도 그때뿐.

"딸이랑 같이 가서 다행이다." 했다가 "걔가 얼마나 괴로우면 집엘 못 들어오느냐."고 얼토당토않은 얘기를 하시며. 어머님 머릿속의 퇴직자는 당신의 아들이라도 예외없이 하루 아침에 노숙자 신세를 만드시더니, 아들의 재취업이 확정되자 바로 당신의 기도로 돌아섰다.

어머님의 기도가 달라진 것이다.

"춥지도 덥지도 않은 봄 가을 날 월화간에 잠자듯 가게 하소서. 아멘."

주중에 장례를 치러야 주일 예배에 지장이 없을 거라고 확신을 하시는 어머님의 기도는 조금 더 디테일해졌다. 그리고 평온을 찾으셨다. 아들의 퇴직을 무사히 넘기시고 이제는 해마다 오는 봄이나 가을을 겨냥해 기도를 시작하셨다.

정신이 없으신 와중에도 어머닌 식구들의 관심 밖에 밀려날까 봐 고단수를 부리셨고, 덕분에 가족들은 신앙이 신실하신 어머니의 기도를 하나님께서 들으실까 봐 겁나는 날이 일주일에 두 번으로 늘었다.

30대 초반의 어느 봄날

그날

　잘게 부서진 파편들이 바닥을 온통 덮었다. 저만치 두어 걸음 앞에는 주먹만 한 벽돌 반쪽이 뒹굴고 주변엔 아무도 없다.

　며칠 전부터 곡기를 끊으신 아버님의 병세는 그날따라 몹시 무거웠다. 췌장암 1차 수술을 무사히 견뎌내고 너끈히 일어섰던 3년 전과는 달리 2차 수술 후, 아니 수술도 못 하고 그냥 덮어버린 후, 회복을 못 한 가여운 몸은 이제 아버님의 것이 아니었다. 그래도 그리 쉽게 가실 거라고는 누구도 상상하지 못했었다.

　그날.

　제대로 된 주차장이 별로 없던 90년도 초엔 대문 앞이나 골목어귀에 차를 세워 두는 일이 흔했다. 막다른 골목에 살던 우리도 역시 그랬다. 그날도 여느날과 다를 바 없었는데, 뭔가 다른 기척에 놀라 뛰어 나가 보니 이미 일은 벌어져 있었다. 자동차 앞 유리가 사라진 것이다. 드나든 사람도 없고 붐비는 길가도 아닌데 난데없이 유리가 통째로 박살나 처참한 몰골이었다. 찬찬히 정황을 살펴보다가 옆집에 혐의가 갔다. 자동차의 주차 위치와 깨진 유리 너머로 적당한 간격을 두고 떨어져 있는 벽돌이 그걸 말해주고 있었다. 그러나 누구를 지목하기도 어렵고 일이 난감했다. 그렇다고 그냥 넘어갈 수는 없는 일이

어서 동네 파출소에 신고를 하였다. 사실, 경찰이 오면 금세 일이 끝날 줄 알았다. 그러나 경찰이 와도 범인이 누군지 알 순 없었다. 벽돌을 증표 삼아 옆집을 방문하고 옥상까지 다녀왔으나, 본인이 자백하기 전까진 알 수가 없다고 했다. 집집이 텅 비어있고, 맨 위층의 주인집엔 대여섯 살짜리 꼬마와 할머니만 있는데 모르는 일이라고 했단다. 그 꼬마가 던진 것이 확실해지는 건 내 직감이고, 직감만으로 할 수 있는 일은 아무 것도 없었다.

'거울이 깨지면 재수 없다'던데. 깨진 유리로 인해 몹시 기분 나쁜 저녁이 되었다. 훤하게 속살을 드러낸 자동차는 머릿속 한편으로 밀어버렸다. 바보 같은 민중의 지팡이도 잊었다. 깜깜해지는 밤, 우리가 모르는 건 벽돌을 던진 어떤 놈이 아니었다.

바깥에서 무슨 일이 벌어지는지, 누가 왔다 갔는지도 모르는 아버님. 그 밤 정말 우리가 모른 것은 따로 있었다. 아무도 알 지 못하게 서서히 다가오는 그림자, 그것은 죽음이란 거대함이었으나 소리도 없이 와버렸다. 낮과 같은 자세로 밤이 왔고, 같은 숨소리로 우릴 보았다. 우리가 미처 생각지 못한 그 와중에도 아버님은 혼자서 의식을 잃어가고 있었다. 뭔가 알 수 없는 힘에 이끌려가는 아버님. 잠시 후 일어날 일에 대해선 아무것도 모른 채 우리는 저녁을 맞았다. 밥도 먹었다. 간간히 웃기도 하였다. 그저 기분 나쁜 하루를 보내고 있다고만 생각하였다. 불길한 예감은 가시질 않고, 그래도 혹시나 하는 기대도 져버릴 수 없는 가족들이 보낸 어제 같은 오늘, 그날도 그렇게 전날처럼 자리를 지킬 뿐이었다.

어둠이 더 짙어지고 밤이 더 깊어도 어제와 같을 줄 알았던 머리맡. 가슴을 누르는 돌덩이도 같은 건 줄 알았다. 다시 일어설 거라는 기대는 아예 없었지만 그렇다고, 그 밤이 끝일거란 생각은 하지도 못했다. 항상 불길했고, 매일 슬펐고, 날마다 여린 숨을 함께 쉬며, 한 몸처럼 잦아들던 어제 같은 그날.

순식간에 확하고 덮쳤다.

초인종이 울린 건 그때였다.

아이 손을 잡고 온 젊은 부부. 시치미가 장난 아니던 옆집이었다. 예상했던 대로 아이가 벽돌을 던진 것이었다. 옥상에 올라가 혼자 놀던 아이가 그랬다는 걸, 듣는 둥 마는 둥, 마음대로 하라고 차키를 건네주었고, 아이 아빠는 차를 몰고 가버렸다.

그 밤, 이생의 모진 인연을 끊어내고 아버님은 가셨다. 어느 시인의 말처럼 아름다운 이 세상 소풍을 끝내고 제자리로 돌아가셨다. 앞창을 환히 열고 맞아주는, 하얀 국화 꽃잎 같은 유리파편을 융단처럼 뒤집어쓴 자동차를 타고 가기라도 하려는 듯, 칠순에 해 입으셨던 금빛 화사한 공단한복을 곱게 차려입고는 서둘러 먼 길을 가셨다. 잠깐 다녀오실 것처럼 급하게도 가셨다.

  그날 함께 길을 나섰던 자동차는 아버님 떠난 막다른 골목으로 돌아와, 맑은 유리를 반짝이며 어제와 같은 모습으로 여전히 서 있었다.

65세 아버님 장례를 마치고

낡은
가방

　"야! 것 좀 그만 내려놔라."

　엄마의 어깨 위에 십년도 넘게 얹혀있던 밤색 통가죽 가방. 유행이 지나도 열 번은 더 지났을 퇴물이 뭐 그리 좋다고 끼고 다니는지 이젠, 아이의 어깨에서 내려오질 않는다.

　"엄마 아직도 멀쩡해요."

　십 키로는 족히 들어 갈 쌀자루처럼 둥그렇게 생긴 구닥다리는 이것저것 마구잡이로 넣어도 아직까지 끄떡없기는 하다. 얼핏 보면 앤틱해 보이는 것이 멋스러워 보이기도 하지만 가방도 나이를 먹으니 노인의 모습이다. 속살이 포실포실 일어나서, 가끔 무심히 넣어둔 하얀 색 카디건에 빵가루처럼 묻어 나오기도 하고, 나이테나 되는 양 수도 없이 그려진 표면의 잔금은 영락없는 노파의 피부다.

　"그래서 더 좋다."는 건 취향인지 억지인지 통 알 수가 없다. 물론 본인은 개성이라 말했지만 엄마 눈엔 영락없는 궁상이다.

　"야! 쫌~ 버리고 새 것 사자. 엄마가 하나 사 줄까?"

　항시 세일 중인 N백화점엔 이쁘고 착하고 세련된 가방이 즐비하건만 마땅치 않아 한다.

　가끔 일 년에 한두 번, 정말 대 자 가방이 필요할 때나 겨우 꺼내 쓰던 문제의 그것이 아이 눈에 띈 건 작년 겨울 이삿짐을 정리하면서다. 둘까 말까, 쓰기도 애매하고 버리자니 아깝고 하여, 이리 뒀다가 저리 밀었다가 하기를 몇 번. 여기저기 옮겨 다니다가 딱 걸린 것이다.

"엄마. 이거 저 주세요."

"그래? 니가 쓸래?"

버리는 것보다는 낫겠다 싶어서 아이 방으로 옮겨 보낸 것이, 노상 애 어깨의 짐이 될 줄은 미처 몰랐다. 직장에 갈 때도, 친구를 만날 때도, 여행을 할 때도….

애들이 어릴 적엔, 엄마 가방에 온갖 것을 다 집어넣고 온 식구가 함께 사용했었다. 엄마 지갑은 물론 아빠의 선글라스, 아이들의 수건이나 티슈, 작은 장난감과 마른 간식이 무궁 무진 나오는 보물 창고였다. 한때는 이름 꽤나 날리던 멋진 가방이었는데, 나이는 못 속이는지 주인만큼이나 많이도 늙었다.

골동품의 향취가 물씬 풍기는 헌 가방에서 딸은 엄마를 본단다. 비록 지울 수 없는 세월의 흔적들이 보기에 흉하다 하여도 엄마의 자취라서 정이 더 간다는 것이다. 손때 묻어 찌들고 멍든 자국들 하나하나가 자연스런 문양이 되어 멋스럽게 보인단다. 광신도적인 딸의 평가 앞에 엄마는 긍정도 부정도 하기가 매우 어렵다. "그렇다."고 동조하면 계속 들고 다닐 터이니….

30대 후반에서 40대 초, 기억도 가물거리는 풋풋한 젊은 엄마의 그 시절. 아이의 기억 속에 있는 엄마는 씩씩했고, 발랄했으며, 상큼했으리라. 늘 앞장서 남매를 끌고 길을 인도했을 것이며, 때마다 신속하게 필요한 것들을 가방에서 꺼내 주었으리라. 빵빵하게 배부른 엄마의 가방은 외출의 신호였고, 어린 날의 설렘이었으리라.

어머님이 미국 다녀오시며 사오신 낡은 가방

낡은 가방은 추억이고 그리움이며 엄마의 젊음이란다. 그렇다 할지라도 엄마는 싫다. 핸섬하고 잘난 청년과 데이트라도 하려면, 폼도 좀 나는 귀엽고 사랑스런 핸드백을 날렵하게 들어야 하지 않겠는가.

기운 떨어져 뒤쳐지는 어미만큼이나 낡고 주름진 가방을 들고 나서는 딸의 뒤통수에 대고 엄마는 소리친다.

"딸~ 가방 하나 주문한다!"

대답이 있을 리 없다.

미국에 머물다 오시던 어머님의 첫 선물이었던 그 가방. 낡고 주름은 졌어도 아직은 쓸 만해 한편으론 다행이라 생각도 든다.

사실은 내게도 간직하고픈 추억과 역사의 산물이기에….

알람은 멈춰도 시계는 간다

　　이십구 년을 한결같이 울려대던 알람을 끄는 날, 남편은 깨복쟁이 친구와 단 둘만의 여행을 떠났다.

　근속.

　삼십 년을 하루같이 아침 일곱에 출근해, 저녁 일곱시면 어김없이 돌아오던 그의 일상이 변한 건 순전히 나이 때문이다. 아직 창창한 오십칠 세. 돌도 씹어 삼키고, 말술도 들이킬 만치 기운이 남아돌건만 뒷방으로 자진 출근하려니 휑한 바람이 가슴으로 불어오기도 했으리라. 다행히 향긋한 봄내음에 코끝이 벌렁여 바람 난 노총각마냥 봇짐을 싸들고 한량한 길을 떠나 급한 외로움은 잠시 뒤로 미뤄두었다.

　정년.

　달랑 A4용지 박스 하나 밖에 안 되는 살림살이를 거둬, 가슴에 안고 들어서는 그 마음은 많이도 허전했으리라. 기밀문서랄 것도 없는 아이들의 편지 몇 통이 십수 년 서랍 속에 갖혔다 발각되어 지난 세월의 여여함을 보여준다. 좋은 시절 다 가고, 이팔청춘을 오롯이 회사에 묻었다 여겼지만, 우리가족 행복한 삶의 근원이었음을 문득 깨닫는다. 가장의 규칙적인 출근이 우리가정을 온전히 지켜주었던 파

수꾼이었음에 정년을 맞도록 보살펴준 회사에 새삼 감사하다. 그러나 막상 닥친 심정은 고요치가 않다. 기다리지 않아도 올 줄을 알았으나 너무 빨리 온 듯하여 한편으론 억울하고, 너무도 기가 막혀 허공에 발을 딛는 것 같이 허탈하기도 하다. 그렇다고 남자가 흘리지 말아야 할 것이 어디 눈물과 오줌뿐이겠는가. 알람이 멈췄다고 고장난 시계가 아니듯 잠시 앉아 힘차게 울릴 내일을 준비해야 하리라. 늘어지려는 감수성을 일으켜 세우려는지 앞을 보여주지 않는다.

남편도 집을 비운 오전 7시.
습관이란 무서운 것, 알려주지 않아도 스스로 정신을 깨운다. 일찍 깨어날 이유가 전혀 없어진 몸은 하릴없이 뒹굴거리는 연습을 한다. 정년은 남편이 하고 여유는 아내가 얻었다. 후다닥 달려드는 휴식이 무서워 서둘러 떠난 세상구경에 정신이 좀 나긋나긋해지면 한숨 푹 늦잠도 좀 자보고 아침도 거르며 게으름을 피우게 해야겠다.
인생 이모작의 첫걸음은 그 뒤에 걸어도 좋으리라. 앞만 보고 달려왔던 인생, 많이도 힘겹고 고단도 했으니 이제는 천천히 꽃도 보고, 달도 보고 일렁이 구름도 쳐다보며 천천히 걷게 하리라. 나이만 먹은 줄 알았던 그동안 아이들이 자라고, 집 한 칸도 장만했으니 과히 부족하지만도 않았다 하겠다.

'행복했노라' '그대들과의 업무가 즐거웠노라' 퇴임 인사를 마치고 돌아서는 발길이 무거웠다는 남편은 허전한 마음을 기차에 싣고, 한반도 끝까지라도 달려갈 기세로 꽃구경 나서며 붉은 눈을 연분홍 꽃에 묻는다. 알람이 멈췄다고 시계가 고장난 게 아니듯 건강히 임무를 마친 당신의 귀환을 환영합니다.

"띵동"

경쾌한 알림이 울린다.

"2015 도시농부학교 수강대상자로 선정되셨습니다. 자세한 사항은 구청 홈페이지를 참고하시기 바랍니다."

함께 꿈꾸던 귀촌의 첫걸음.

그는 생각보다 급한 성격이었던가 보다.

2014년 아들과 손자 한라산 등반

목련이
운다

　　　바람도 유난한 봄날의 거리엔 꽃비를 맞으며 걷는 재
미가 있다. 화사한 벚나무 사이로 보이는 목련. 담장 안에 갇힌 굵은
몸을 곧추세우곤 아장 아장 밖으로 걸음 하는 긴 가지. 아직 피지 못
한 꽃봉오리를 대롱대롱 매달고 있는 그 가지 끝에 아련한 기억이 머
문다.

　목련도 울고, 나도 울었던 그날.

　오래 된 청기와 주택에 살 때의 일이다. 초여름부터 시작된 장마는
길기도 하였다. 외출 했다가 돌아오면 침대 머리맡이 흠씬 물에 젖어
있거나, 거실 소파가 난데없는 물벼락을 맞곤 하였다.

　방 벽을 타고 흐르는 물줄기에 딸아이는 "혼자 자지 않겠다."고 떼
를 쓰고, 바닥에 늘어놓은 세숫대야며 바가지는 TV에서만 보던 판잣
집을 연상케 했다. 살림에 서툰 아내와 비설거지가 뭔지 알지도 못하
던 그녀의 남편은 막연히 비가 그치기만을 바랄 뿐이었다. 원인을 모
르니 피해를 고스란히 당하다가 '아파트로 이사 가자.'는 결론을 내
리곤, 그때까지만 참아내기로 하였다. 부동산에 집을 내놓았다. IMF
가 터지기 바로 직전이었던 터라 집은 팔리지 않고, 장마는 계절과
함께 슬며시 잊혀져갔다.

그해, 늦은 휴가를 다녀 온 어느 날. 대문을 열고 들어 선 우리는 뭔가 몹시 허전함에 써늘한 기운을 느꼈다. 가구도 제자리에 잘 있고 화장대며 서랍도 그대로이다. 집 나서던 며칠 전과 다른 것은 아무것도 없었는데 이상했다. 피곤한 몸을 씻고 누이며, 휴가 뒤의 피곤함에 나른해질 즈음 다급한 전화벨이 울렸다. 안양에 사시는 친정 아버지였다.

　핸드폰이 없던 그 시절엔, 집 떠나면 연락을 하거나 받기가 쉽지 않았다. 그런데 친정에 알리지 않고 휴가를 떠난 게 잘못이었다. 친정 아버지가 그 사이 다녀가신 것이다. 빈집에 오셔서, 대답 없는 초인종에 막막하셨을 아버지. 웬만해서는 딸의 집에 오지도 않다가 모처럼 오셨는데, 따뜻한 식사는커녕 인사도 받지 못하고 가셨다. 헛걸음을 하신 것이다. 아니, 아주 큰일을 내고 홀로 다녀가셨다.

　화곡동의 마당 넓은 우리 집엔 감, 대추, 모과 앵두, 복숭아등 유실수와 개나리, 진달래, 수국, 붓꽃 등 봄, 여름, 가을, 계절을 아우르는 꽃나무가 많았다. 그중 으뜸이었던 목련은 현관 옆에 든든히 자리를 잡고 기와지붕 위에까지 가지가 올라가서, 그 키의 끝이 어디까지인지 알 수 없을 정도로 컸다. 희고 탐스런 목련꽃이 활짝 피어있는 달밤의 풍경은 장관이었다. 화려한 축제를 끝내면, 꽃과 잎은 무르고 쳐져서 흉한 몰골로 변하였다. 바닥에 들러붙은 시커먼 덩어리는 과거 그것이 진정 꽃이었을까 의구심이 들 정도다.

그 목련나무가 깡둥 잘린 것이다. 아버지였다. 묻고 답을 들을 것도 없이, 담 넘어 들어온 빈집에서 묵묵히 목련의 허리를 잘라내고 가신 것이다. 목련의 부러진 허리보다, 늙은 아버지의 부러질 것 같은 허리가 걱정 되었다. 거친 가지를 쳐내느라 지친 팔과 다리, 허기진 노인의 모습이 아프게 지나갔다. 안부가 걱정되었다.

'왜 그걸 잘라냈느냐'고 바로 묻지도 못했다. 뒷담에 가지런히 묶어 놓고 가신 울퉁불퉁한 통나무와 가지들.

'저걸 어찌 저곳까지 다 옮기셨을까'

다시는 피워내지 못할 목련꽃의 슬픔보다 내 설움이 더 가슴을 메웠다.

"에미냐?"

전화기 너머의 아버지 목소리는 건강했다.

"아니 왜 저희도 없는데 다녀가셨어요?"

혹시라도 짜증이 섞일까 조심하며 물었다.

"거, 비 인제 안 샐 거다. 나무가 지붕을 덮으면 안 좋아. 기와지붕을 둘러가는 물길이 막혀 번번이 비가 새는 것이었다."라며 "홈통 파내러 지붕에 올라가면 위험하다."고 아예 나무를 잘라내고 가신 아버지.

그날, 목련도 울고 나도 울었다.

치매도
시가 되는 여자

할미꽃

그들은 이미 인사를 나눈 듯 서로가 알은체를 했다. 꽤 세련된 차림의 할머니는

"아들 사는 시골집에 한 삼 년 다녀오신 것"이라고 하셨다. 시골에서 오신 분이라기엔 얼굴도 그리 많이 그을지 않아 우아한 모습의 어른은 생기 있게 웃고 계셨다.

서울에 오신 할머니는 작은 딸 집에서 아기를 보고 계신다. 아들 딸 남매에 막내로 둔 딸이 아들을 낳았는데, 산후 휴가 끝난 어미가 직장을 가게 되어 부랴부랴 서울로 올라오셨다고 하셨다.

다른 사람들은 구면이었다. 이미 몇 년 전에 똑 같은 이유로 화곡동 큰 딸 집에 살 때 잠깐 우리 교회엘 나오셨단다. 그러다 또 같은 이유로 대전에 사는 아들집에 다녀오신 것이다. 자녀들의 집을 쳇바퀴처럼 돌며 3, 4년씩 머문 그 어르신의 손끝에서 아가들이 커 갔다. 이제 마지막 남은 막내. 그걸로 인제 끝일 거라고 하셨다.

7학년 5반, 그분은 어디든 간다면 따라 나오셨다.

혹여 늦으면 지나칠까 걱정이셨는지 항상 1등이셨다. 하얗고 좁은 챙으로 둘려진 작은 모자를 작은 머리에 쓰시고 제일 먼저 차에 오르셨다. 그런 그분의 옆자리는 매번 내 차지다. 두 번째로 많은 나이 탓이다. 50대는 나 혼자였으니….

40대, 30대 젊은 새댁들은 저희끼리 어울리며 누가 시키지 않아도

자연스럽게 짝이 되었다. '싫다, 좋다' 건넬 사이도 없이 졸지에 할머님과 동급, 한 쌍으로 나이 많은 어르신이 되어버리면 나는 물론 좋을 리가 없다. 게다가 딸 사위 직장 가고, 아가를 영아원에 맡기고 간신히 집밖으로 나오신 어른은 말씀이 한두 가지가 아니다. 자랑이 한나절이셨다. 다 들어드리다 보면 나마저도 중 늙은 할미가 되는 것만 같아 쓸쓸한 대화.

"이거 이 모자는 저번 어버이날에 큰딸이 사줬어."

"우리 큰딸 대학교서 선생하잖여."

"아 네 참 예뻐요."

"이 신발 이거 이십만 원 넘는댜. 효도 신발이라잖여. 걍 돈으루 주잔쿠….'

"큰 따님이 사 주셨어요?"

"아녀, 작은딸. 갸는 신랑이 돈을 잘 버러."

"아 네 엄청 편해 보여요."

"알어 이거?"

"아 그럼 알지요. 그거 아주 좋은 거예요."

머리끝에서 발끝까지 자랑이 끝나면 담은 아들 직장을 지나 딸들의 일터로 순례를 떠난다.

"호 호 저 가면 나중에 잘해주라 해 주세요."

"그럼 그럼 내 말하면 다 디여."

건성으로 부탁을 드려도 단번에 뭔가를 해 주실 것처럼 좋아라 장담을 하신다.

아들은 알고 있을까. 구겨진 셔츠도 잘 입고 출근하는 자신의 모습을 훤히 알고 있는 나를. 딸은 짐작이나 할까. 어제 먹다 남긴 빵 쪼가리로 아침을 때우다 사레 걸린 어머니를.

자식들은 알고 있을까. '콕 콕' 잔기침을 하면서도 자랑 끊이지 않는 할머니의 함박웃음이 모란꽃처럼 예쁘다는 것을.

노인은 갈 곳이 없다.

많이 낳아 애국하려는 젊은 부부들 뒷바라지에 지친 할머니는 담뱃재 자욱하고 장기판 투덜대는 아파트 지하 노인정은 가고 싶은 곳이 아니다. 젊은 아줌마들처럼 바퀴 달린 차를 타고, 지천으로 널린 꽃밭에서 귓가를 간질이는 푸르스름한 바람을 한껏 쏘이고 싶다. 누구라도 붙잡고 역사책 한 권도 더 되는 지난한 이야기를 풀어 보여주고 싶다. 활짝 핀 진분홍 원피스를 쫙 빼입으면 하늘 끝 저 우주까지 날아 갈 것만 같은데, 부실한 관절은 쑤시고, 따라나서는 걸음은 뒤처져 아예 주저앉고 말아 엄두를 못 낼 뿐이다.

내 짝꿍에게 희소식이 날아들었다. 가냘픈 할미꽃 하얀 미소로 전하는 기쁜 소식은 아들의 둘째 임신 소식이다. 그것도 복이라고 이제 바깥바람 쏘일 날이 몇 번 안 남은 것이다.

"둘째는 딸이면 좋겠다"는 축하를 주고받으니 분명 희소식이기는 한데, 붉은 모란 같던 그녀의 웃음이 사라졌다. 할미꽃의 굽은 허리가 힘겹게 마른미소를 떠받치고 있다.

'우리집 웃음 바이러스' 가까운 친구의 카톡 프로필이 태어난 지 한 달도 안 된 손녀 사진으로 바뀌었다.

손주가 얼마나 예쁘면 "이렇게 이쁠 줄 알았으면 자식 낳기 전에 손주부터 낳을 걸 그랬다."는 우스갯소리가 생겼을까. 친구들이 하나 둘 할멈이 되어가니 새삼 할미꽃 내 모습이 거울처럼 웃는다.

치매는 현재 진행형

쓰나미가 지나간 것이라 생각했었다.

9년 전 어느 날, 어머님의 첫 증상을 접한 후, 설마설마하던 치매 진단을 받은 날은 그리 생각했었다. 거대한 태풍이 몰려와 우리 집을 송두리째 날렸어도 지나가면 수습이 되는 줄로만 알았다.

치매는 현재 진행형의 바람이다.

어제보다 오늘 부는 바람이 조금 더 차갑다. 그동안 불었던 바람이 무척 잔잔했음을 알게 된 건 요 며칠 사이다. 갑자기 정신을 못 차리시고 기운이 떨어져 그냥 밤을 보낼 수가 없었던 2주 전, 119의 도움을 받지 않을 수가 없었다

평소처럼 그릴 앞에 식구들과 마주 앉아, 그렇게 좋아하시는 고기 반찬을 드시고도 그런 일이 생길 수가 있음에 놀랐다. 흐뭇한 저녁상을 물리고 잔다고 들어가셨는데 갑자기 평소와 다른 숨을 쉬고 눈동자에 힘을 잃고 계실 줄은 정말 예상치 못했다.

아들이 등을 내밀어도 업히지 못하고 미끄러지는 어머님. 그런 모습을 보고는 올 것이 올까 봐 무척 무서웠다. 그냥, 맘에 안 들면 소리를 지르고, 음식을 보면 탐을 내고, 오줌을 흘리는 것일 뿐, 몸은 건강하시다고 생각했는데 아니었다. 정신뿐 아니라 육체도 함께 진행 중

이었다.

CT 촬영을 하고, MRI 검사를 하고, 뇌파 검사까지, 할 수 있는 모든 검사를 동원해도 나오지 않는 원인은 서서히 미세먼지처럼 몸속을 파고드는 치매균과 나이균이라는 생각이 들었다. 보일 듯 보이지 않게 자신의 영역을 넓혀가는 세균 바이러스 같은 기운.

병원에 다녀오신 후 약이 늘었다.

평소 혈압약과 치매약 딱 두 알, 아침에 한 번 드시던 약이 크기도 커지고 개수도 많아졌다. 한꺼번에 드시다가 목에라도 걸릴까 봐 두 번에 나눠서 드신다. 아침저녁 꼬박꼬박 약을 먹는데도, 깊은 잠에 빠져 가끔씩 심장이 쿵 내려앉는 경험을 한다. 이제는 어머님 혼자 두고 외출을 할 수도 없다. 그동안이 그래도 행복한 날이었음을 이제사 깨닫는다.

치매는 현재 진행형이다.

빠르든 느리든 보이지도 않는 걸음으로 세월을 좀먹는다. 갑자기 불어닥치는 태풍으로 몰려와 쓰나미로 집안을 풍비박산을 내도 끝이 아님에 마음 단단히 먹고 다음을 예비하고 준비하여야 한다. 멈춘 듯 몸을 숙이고 서서히 낮은 포복으로 기어가다가도 기세를 뻗치고 고개를 드는 무척 못된 놈이다.

어머니의 기척을 살피다 치매뿐 아니라 어머님도 나이 드셨음을 새삼 깨우친다.

78세 어머님이 어느새 86세가 되셨다.

영원할 것만 같았던 젊은 시절의 어머님

그림: 장철석 〈호박꽃 당신〉

치매도 시가되게하는 여자 류자!
피폐화될 수 있는 절망적 가정환경에서 글감을 찾아 글밭을 일구는, 항상 감사하며 사는 삶!

많은 사람들에게 귀감이 될 수 있는
책으로 승화시키고자
기쁜 마음으로
출판을 결정하였습니다.

– **권선복**(도서출판 행복에너지 대표이사,
대통령직속 지역발전위원회 문화복지 전문위원)

정상적으로 생활해오던 사람이 뇌기능에 이상이 생겨 일상생활에
장애를 겪는 무서운 병인 치매에 걸린 분을 모시는 것은 상상 이상으
로 힘든 일일 것입니다. 기억력 저하로 인해 자식을 알아보지 못하고
감정적·생리적 영역의 장애로 인해 주위 사람들이 피해를 고스란히
견뎌내야 하는 가족들의 절규는 직접 겪어보지 않고는 결코 이해하
지 못할 것입니다.

책 『치매도 시가 되는 여자』는 치매에 걸린 시어머니를 8년째 모
시고 사는 한 며느리의 이야기로, 한 남자의 아내로서 자신에게 닥
친 고난을 마주한 심정을 진솔하게 풀어낸 시와 에세이를 담고 있습
니다. 저자는 시와 수필의 분야에서 입상한 경력이 다수 있을 정도로

언어적인 재능이 매우 탁월한 문인입니다. 그 타고난 재능을 아낌없이 발휘한 글로 각박하고 힘겨운 지금의 현실을 이겨낼 수 있는 희망의 메시지를 전달해준다는 생각이 들었습니다. 미움과 원망의 감정으로 시작된 마음이 결국에는 시어머니의 마음을 공감하고 이해하게 되는 과정을 그리는 모습을 보면서 많은 사람들에게 귀감이 될 수 있는 책으로 승화시키고자 기쁜 마음으로 출판을 결정하였습니다.

8년이라는 적지 않은 시간에 걸쳐 보통 사람이었으면 좌절로 가득했을 그 상황을 시라는 언어로 승화시켜 그것을 극복해내는 강인한 생명력을 노래하는 것을 보면서 만물의 영장 인간이 지니는 특권인 언어의 힘은 참으로 위대함을 느낍니다. 인간적인 가족애가 가득했던 과거의 대한민국과는 달리 가정의 평화와 사랑이 점차 사라져가고 있는 현대사회의 위기 속에서 우리는 다시 한 번 생명의 기운을 되찾아야 할 필요가 있습니다. 바로 이 책이 가정의 회복을 안겨다주는 희망의 불씨가 될 수 있기를 기대해보며 모든 독자들의 삶에 행복과 긍정의 에너지가 팡팡팡 샘솟기를 기원드립니다.

천국 쿠데타(1, 2권)

민병문 지음 | 각 권 값 15,000원

소설 『천국 쿠데타』는 '천국'을 배경으로 우리에게 친숙한 성경 속 인물과 안중근, 정약종 같은 역사적 인물들을 등장시켜 색다른 재미를 안겨준다. 문학만이 펼칠 수 있는 독특한 상상력의 세계가 펼쳐짐은 물론, 종교라는 무거운 주제를 인문학적으로 접근하며 독자의 가슴에 깊은 감동을 새겨주고 있다.

갈 길은 남아 있는데

김래억 지음 | 값 25,000원

책 『갈 길은 남아 있는데』는 격동기에 태어난 한 사람이 역사의 비극 가운데에서 고뇌하며 조국의 근대화에 대한 열망을 품고 축산업과 대북 사업에 일생을 바치며 산업역군으로 성장해가는 과정을 담고 있다. 남북을 넘나들며 통일의 물꼬를 트고자 노력했던 저자의 헌신이 감명 깊게 다가온다.

헌혈, 사랑을 만나다

이은정 지음 | 값 15,000원

이 책은 저자가 혈액원에서 근무하며 만났던 수많은 헌혈자들과의 소중한 일상을 담은 책이다. 매혈에서 헌혈에 이르기까지 겪었던 파란만장한 역사 이야기, 우리가 잘 몰랐던 의학적인 관점에 근거한 혈액형 이야기, 그리고 헌혈과 관련된 수많은 감동적인 이야기로 구성되어 있다.

공공의 적

남오연 지음 | 값 9,000원

이 책은 법조계를 경제학적인 관점으로 재해석한 책이다. 저자는 법률시장이 오랜 기간 지니고 있는 문제점에 대해 당당히 일침을 가한다. 비록 짧지도 길지도 않은 10년이란 경력을 지녔지만, 누구보다도 냉철하게 법률시장의 논리를 꿰뚫고 있고 그 원리를 바탕으로 혁신적인 해결책을 제시하고 있다.

1598년 11월 19일 - 노량, 지지 않는 별
장한성 지음 | 값 15,000원

현재 공인회계사이자 세무사로 활동 중인 장한성 저자의 두 번째 장편소설이다. 고증을 바탕으로 한 이 팩션Faction은 현재 우리 대한민국에서 살아가는 모든 이들에게 삶의 진정한 의미는 무엇인지, 이 혼란한 시대를 이겨낼 힘은 과연 무엇인지에 대해 이순신 장군의 삶을 그려내며 진지하게 묻고 있다.

생각과 말과 행동의 방정식
윤영일 지음 | 값 15,000원

『생각과 말과 행동의 방정식』은 행복으로 가는 길, 참된 이정표가 될 만한 깨우침을 가득 담은 책이다. 동서양의 고전과 선지자들의 일화에서 옥구슬같이 빛나는 혜안과 통찰을 뽑아내어 따뜻한 필치로 잔잔히 이야기를 풀어 나간다.

부모의 변화가 아이를 살린다
박영곤 지음 | 값 15,000원

책 『부모의 변화가 아이를 살린다』는 늘 아이 걱정에 고민이 많은 부모들이 스스로 긍정적으로 변화해야 자녀의 삶 역시 행복에 한걸음 더 가까워질 수 있음을 깨닫게 하는 '멘탈 혁신 자녀교육서'이다. 또한 세부적인 멘탈코칭 Tip을 제시하여 부모들이 아이 교육에 바로 활용이 가능하도록 구성되어 있다.

사랑은 왜 낮은 곳에 있는가
이우근 지음 | 값 15,000원

책 『사랑은 왜 낮은 곳에 있는가』는 근래 대한민국의 부끄러운 현실을 엄정히 그려내면서도 미래에 대한 기대와 희망을 놓지 말아야 한다는 격려를 한꺼번에 담아낸 칼럼집이다. 우리 사회가 안고 있는 난제들을 어떠한 방식으로 풀어내야 하는가에 대해 때로는 차분하게, 때로는 속이 시원하게 전하고 있다.